文通天下

突 破 认 知 的 边 界

好的人生，
不慌不忙

人间小满 2

姑苏阿焦 著

光明日报出版社
·北京·

图书在版编目（CIP）数据

人间小满 . 2, 好的人生，不慌不忙 / 姑苏阿焦著
. -- 北京：光明日报出版社，2024.1
ISBN 978-7-5194-7629-8

Ⅰ . ①人… Ⅱ . ①姑… Ⅲ . ①随笔—作品集—中国—
当代 Ⅳ . ① I267.1

中国国家版本馆 CIP 数据核字 (2023) 第 236983 号

人间小满2——好的人生，不慌不忙
RENJIAN XIAO MAN 2 —— HAO DE RENSHENG, BU HUANG BU MANG

著　者：姑苏阿焦
责任编辑：徐　蔚　　　　　　　　特约编辑：胡　峰　何江铭
责任校对：谢　香　　　　　　　　责任印制：曹　净
封面设计：仙境设计
出版发行：光明日报出版社
地　　址：北京市西城区永安路 106 号，100050
电　　话：010-63169890（咨询），010-63131930（邮购）
传　　真：010-63131930
网　　址：http://book.gmw.cn
E - mail：gmrbcbs@gmw.cn
法律顾问：北京兰台律师事务所龚柳方律师
印　　刷：天津旭非印刷有限公司
装　　订：天津旭非印刷有限公司
本书如有破损、缺页、装订错误，请与本社联系调换，电话：010-63131930
开　　本：146mm×210mm　　　　　　印　　张：8.5
字　　数：140 千字
版　　次：2024 年 1 月第 1 版
印　　次：2024 年 1 月第 1 次印刷
书　　号：ISBN 978-7-5194-7629-8
定　　价：49.80 元

辑一

以欢喜心，慢度日常

辑
二

生活总有明月清风

辑
四

时光清浅处，一步一安然

辑
一

以欢喜心，慢度日常

力尽不知热，但惜夏日长

还记得三四月油菜花开得金黄，
到如今已是成熟季，
需要收割、翻晒、打籽儿、扬尘，
再晒干后收纳，或售卖或榨油。
这个时候需要收割的还有小麦，
于是伴随着端午节，带着凉粽子去田间劳碌，
热火朝天的农忙便由此拉开了序幕。

油菜花刚落完，

满目都是菜籽儿的青绿，

农人们养精蓄锐准备接下来的农忙时节，

只有小鸟儿不知天高地厚，

想在油菜籽儿间筑巢抚育。

麦穗儿饱满时再除一次草，

做好最后的田间管理。

经历了从冬季到春季的等待，

丰收时节终于快要到了，

农人不负季节，

季节亦从不辜负辛劳。

麦地里满目的金黄，

风吹过来沙沙作响。

学校里的农忙假期开始了！

穷人的孩子早当家，

送点水、送点凉粥，就着大饼，

填充着父母们辘辘的饥肠，

空隙间孩子们也学习起临阵磨枪。

小时候劳作总觉得田地辽阔怎么也看不到尽头，

长大些才知道唯埋头苦干方有收获。

偶尔一次再回田间劳作，

方明白："力尽不知热，但惜夏日长。"

趁着日头渐长，天气晴朗，

努力把手头事多完结些。

农时

遥遥记得熬了一夜打下来的麦子，

晒满了门前路边，

父亲在炙热的阳光下满头是汗地翻晒，

休息时便在树荫下打一会儿盹儿，

农忙季总算下来了一半。

翻晒也是个巨大的工程，

看好天气，一筐一筐地从粮仓弄出来，

铺平后再一次次地翻晒，收纳，

总得历经那么两三个大太阳，

方才能将辛劳卖出一个好价钱。

一日不作
一日不食

麦子香

粮食满仓是父母的喜悦，

麦子香就像母亲新鲜烙出来的大饼，

让我的舌尖充满了想象。

于是期待着手擀面、大饺子、黏豆包……

盼着他们说的蒸蒸日上。

小田里的秧苗长势喜人，

又到了插秧季，

采出小秧苗，捆扎好，挑到大田里栽种。

孩子们喜欢玩水，

但农人家的孩子们更早便懂得了劳作的意义。

每至农忙季，

总想起家乡的父母为了一亩三分地的辛劳。

虽已机械化很久，

可是小面积的门前屋后仍有种植与收割。

如果把那点儿作物换算成钱的确价值并不高，

可正是那一年的上下季的忙碌，

让他们对天时的把握，

对土地带来的意义有了种习惯上的认可，

像是农人的一种本分，

年复一年地践行着付出与收获……

谨以此篇图文致敬那些年迈的依旧孜孜不倦的父母们，

他们一直深谙：

种植与收获本是天然，

哪有投机取巧的道理啊……

深话简单说，长路慢慢走

张三一直看上去是慵懒而随性的吧，

在憨厚的外表下有一颗智慧的心灵。

他来自生活也高于生活，

从生活的点滴中秉持着自己的意义。

画的是张三，

画的也是世俗外的那个理想的自己，

身虽碌碌，心里也常常掂量自己。

静气凝神

冬天时也曾买了个烤炉，

两个红薯、两根玉米，

围炉的光阴让人心平气和，

所谓理想生活，

便是此一时的无人问津吧。

假模假样地养过水仙，

虽不会修剪，任其长成小树，

它却不辜负那点滴水的情谊，

到了时间便花香满屋子。

止语观花

早春时的江南总是烟雨蒙蒙，

一个人在雨里头溜达显得有几分落寞。

功利社会的游戏规则是，

你着实不必为了他人去改变自己，

但你也不能一无是处。

花开堪折

后来春天的花儿开满山坡，
我心底总是有一种欲望——
扛上一枝，把春天填满房间。
想来一个有趣的灵魂遇上春天，
也一定会熠熠生辉吧？

想来吾生也有涯，

而春花年年周而复始，应无涯。

有一种桃花叫作多到让人忧伤，

孤独有时便是，

在你不需要别人的时候，

也能自给自足。

我心飞翔

举目远眺的时候春天便在咫尺之间，

自由自在的生活并不多，

生活有时不只有眼前的"够呛"，

还有你读几遍都读不懂的诗意，

和八竿子都打不着的远方。

几个人喝酒你来我往闹哄哄，

一个人喝酒心平气和也并不寂寞，

世间所有的内向，

大概都是因为无法忍受别人的无趣吧。

平和淡然

不
說

若是自己没有尽力，

就没有资格批评别人不用心。

开口抱怨很容易，

但是闭嘴努力的人更加值得尊敬。

继续走，继续去心里头的远方，

继续走，继续了然这别样的心绪。

不必太纠结于当下，

也不必太忧虑未来。

当你经历过一些事情的时候，

眼前的风景已经和从前不一样了。

大道理人人都懂，小情绪却难以自控，

这是大部分人的通病。

我们急吼吼地赶路，不顾一切地努力，

仿佛唯如此才能抓住这世上所有的机会。

错的并不是我们的身体，

而是我们对自己人生的种种限制和认知，

常常狭隘了视野，

往往不容易看到生命的种种可能性。

我想说：深话简单说，长路慢慢走……

茶香生暖意，凛冬不知寒

一年四季皆有喝茶的理由，
唯有冬日围炉煮茶，
有着几分浪漫与慵懒。
在水汽氤氲的咕嘟声中，
时间变成自己随心的简单。
冬天的潮湿与寒冷，
也在这层层叠叠的雾气中，
变成一个人的恣意与温暖……

我以为一个人团坐着，

认认真真地去煮茶，

当属一个人给自己的浪漫吧……

许多无聊光阴，

因为这一壶茶的香味，

简单的日子也变得有了些趣味。

茶香生暖意

静守如常

心念佛

这日子常常重复得无趣，
但有趣的一定是你自己。
想一心成佛，却贪恋红尘，
想静守如常，却手握纷扰，
矛盾便是人生的常态吧？
在肯定与怀疑之间，
秉持着那一些些宽厚与善意。

冬天的沉郁让人懒了言语，

一个人沉默于自己的空间，

在文字与茶香的侵袭下，

有一种喜不自禁的温暖，

把自己还给自己，

把时间交给时间……

老旧光阴

在冬天的寒意中，
我总有着一种回忆——
从屋外推门而入的雾气，
光线昏暗中的静默与守候，
一直就在那儿，
小镇中的某一间店面，
时光停滞，不曾改变……

幼时天冷的时候，

围着煤炉听大人闲说家常便是一段温暖时光。

后来跟长辈去小城的茶铺听戏，

烟雾缭绕中充满烟味、水汽、谈笑声，

让我觉着城市的拥挤和繁华……

再后来经过南方的小镇，

推开一间茶肆的门，突然间便有了一种恍若隔世的遇见，

人生的种种经历便是用来重复与沉淀的吧……

故乡常常是闲散中有着零乱，

寒意中有着自己的温暖。

那些储藏的食材都可以成为一顿小食，

那些左邻右舍倚门而立便可闲话半日。

时光在冬天随意挥霍，

日子亦从不曾需要不安……

茶可静心
酒能养性
读书增智
宽厚待人

张三的浪漫来自酒后的自得，

来自茶香中的舒心，

来自童年一本小人书的回忆，

来自和这个世界一直关联却也独立。

光阴闲散

少时总是需要伙伴打发光阴寂寥，

青春时有使不完的精力，

中年的时光大多数不属于自己，

而今有那么半日的闲散便觉得一个人的曼妙。

也不曾老，依然上有老下有小，

只是偷来半日给浮生一点逍遥……

最喜冬天午后的阳光，

让人心生一种无欲无求的自在，

就着自然给予的那一点暖意，

和心里的纷纷扰扰和解，

也不必纠结人生中的种种大事……

冬天似乎更喜欢沉默相对，
在妄自菲薄与狂妄自大之间，
再无须更多的解释与理清，
舒服便好，眼前最好，
也许不是所有的时候都需要积极向上，
或者有那么几分懒散方见生活的真谛。
看书、喝茶，温暖冬天的寒意，
再瞧瞧手机上人间的嚣张与悲喜……
茶香生暖意，凛冬不知寒，
是一个拥抱且拥有自己的季节吧……

人间好光景

想来也不是每个日子都充满能量，

有时心有小恙，如秋雨微凉……

并不需要什么倾诉，

只是想一个人安静地想一想。

那些快乐、呐喊、理想构成每一个真切的日子，

有阳光灿烂，也有忧伤与彷徨。

人生便是这样的百般滋味，

让你偶尔在夜色下反复地思量……

星河荡漾

儿时的夜色下总有漫天的星河，

让人浮想……

年轻的时候看星空与河流交汇，

欢喜异常……

再后来漫天的星空挂在了心里，

孤独的日子用来遐想……

夏天的炙热有些长，

心里头的裂痕也有些长。

有雨的日子忽然长舒一口气，

觉得晴雨相间，方是最恰当的时光。

你那里
下雨了吗？

北方说今年也常常落雨，

南方的台风也偶尔肆意，

一场雨终于让江南有了秋天的况味，

有许多的人来来去去，

忽然心生惦记 ——

你那里下雨了吗？

一把伞遮挡住了落下的雨，

把自己隐匿在这一方小小的天地，

每个人都需要一段沉默的时间，

来冲刷一下那些虚妄……

心情有些潮湿，如秋雨，

在努力想：究竟是哪一件事儿阻碍了欢喜？

蓦然间了然，

只是有些念想超出了心中的期许。

伴侣

还是喜欢这样下雨的日子，

让忙碌的脚步暂缓一下，

有些沉默的伴侣本就在身边，

也许相对无言，

却是心里头踏实的陪伴。

天慢慢向深处走去，
意也会愈发地浓烈，
在有一间遮风挡雨的小天地，
阳黄色的灯光，
厨房里翻滚的香气，
上的责任，还有心里的勇气。

霁月清风

诗人因为寒夜的孤寂留下了千古的诗句，

寻常的我们因为一场雨有了静夜思，

人类的情感常常相通，

却又不可常常言语。

彷徨一下，仍然有自己的霁月清风。

江南有江南的烟雨，

不过是雨里头有了些潮湿的心意，

小儿女调皮的笑声穿过淅淅沥沥，

惊觉这日子的弥足珍贵，

原来忧伤只是为了衬托下一次的欢喜啊！……

无烟雨

不江南

起起伏伏的心电图证明着一颗活跃的心脏，
上上下下的心情也记叙着平常的人生。
我们渴望足够的安宁，
但欢乐与忧伤必然并行才是真实的光阴。
因为痛苦所以有了反思，
因为快乐所以足够珍惜，
因为晴雨相间才是人间好光景。
这跌宕起伏的命运啊，
都是我们游历人间的馈赠……

总有一些潦草的光阴

每个人的生命当中，

都有一段无所事事的光阴吧?

有的人用来反思与整理，

有的人用来消沉与颓废，

还有些人把它当作寻常，

只是多了些经历与体会。

我们常常在追求人的成功，

却忽视了生命原本就是一场实践与认知，

不必得到他人的认同或期待，

找到一个真实的自己。

做过一阵子文玩的事情，

刷珠子、养珠子，日日等着它的变化，

在外人看来的确像个八旗子弟，

如今回味起来是一段光阴里的闲趣，

把一件事情玩了点儿小明白，

也算是人生里加了些滋味。

高山流水

在无所事事的光阴里，

遇到了许多的文人雅士，

古琴、笛子、箫……总能来上一曲。

我常想人虽不怕孤独，

但人还是喜欢高山流水，能遇知音，

大概那一种惺惺相惜是人对自己的怜悯。

平常日子
平常过
乐活生活
乐着活
世事无常
知无常
空色相依
空色空色
食色空色

丙申冬东阿侯化下

小时候隔壁邻居光棍了好些年，
可是他会给自己织毛衣……
小时候多少有些性别上的鄙夷，
而今历经岁月才明白，
一个人能坦对自己的光阴是何等不易，
很多事情，只是不同，并无是非。

坐井观天

越是坐井观天的人越易言之凿凿，

越是看过天地的人越觉自己渺小，

每一天我们是克制还是放纵，

是努力还是懒散，是奋斗还是摆烂，

看起来并无多大差别，

可是时间有一天会给我们答案。

生活里应该时不时地有段低气压，
有的人自我思考辨别情绪的方向，
有的人不管不顾只图眼前的痛快。
成熟应该是镇定自若地接受生活的波折，
要在实际生活和理论之间划出一道界限。

潦草而不如意的时光总是若隐若现，
痛苦有时是基于自己当下的无能为力，
而豁达是明白尽人事、随天意。
物质生活的欲望一旦变得简单，
你心底对生活的期待也许就会水落石出。

我常常觉得"成功"是个伪命题，

所谓成功只是暂时地得到某一阶段的认同，

所有的学习与阅读，还有思考，

应该是在跌宕起伏的生活中，

拥有处变不惊的内心，

让你在未来，

能独自混过那些漫长幽暗的岁月而不怨天尤人。

这个世上总有一些人，

看起来无所事事，实际上无所不能。

他们更善于理清思路，简化自己的目标，

把生活看得并不那么严肃，

带着一份玩的心态去通关升级，

生活却往往会有意料之外的欢喜。

诗人有诗人不得志的光阴，

却常常以物明志。

普通的人生更是潮起潮落，

常常是由不得自己。

我们总是希望通过一句话、一本书、

一个人的故事来扭转自己的心态或人生，

其实有些道理一直不曾变，

只是我们并不坚定。

每一个人都有一段自己潦草的时光，

你可以称之为不如意、不确幸，

但当你坚持把一些事情做下来，

或许并不曾有立竿见影的效果，

但你知道这样是对的。

人生的一次次改变或许就是这些小小的正确，

一步步推着你前进。

关于理想这件事儿

大概越小越年轻的时候，理想越远大，因为未曾经历世事，所以才无知而无畏。

理想这件事儿跟家庭的环境、眼界、见识都有许多的关系，但随着年纪的变化和我们的经历增长，可能才会变得更加地贴合自己。

比如我小时候的理想是在草地间放鹅放羊，看看小人书，后来跑步厉害想过当运动员，再至后来画画得过奖便觉得还是画画最开心。人们的一些理想和少时得到的一些鼓励和认可都有着极大的关联吧。

我回头看，自己算不得是一个有理想的人，从小的见识并不大，父母的能力也有限，说起来吃饱穿暖和已是儿时最大的理想了！只是幼时的那些小人书像是一些个种子，让我对图画的东西痴迷而热爱，直至后来机缘巧合地能拿起画笔，能慢慢去表达自己，这里头有对成功的追寻，也有着自己的一些运气。

进退自如

我是被夫人从万千人当中捡了过去的，仅凭着那几幅画的"才气"被她一眼相中，此后数年大多数也是依靠着她的接济而混迹于光阴。她从最初对我的"惺惺相惜"直至过日子中只要求我能有份正常的工作，这中间的坎坷与艰难自是不易，而人生的奇妙就在于有些苦日子习惯了也就习惯了，而理想虽在空中飘荡，却有了自己的坚持。

　　给杂志画插画，给网上认得的人画笔袋，还被骗了没给钱，画过床单画、画过别人书的插画……我觉得大概最重要的是，绘画这件事儿自己并不曾丢下，一直以自己最大的热爱与努力去做和画画有关的事儿，这可能是最笨拙也最开心的坚持吧。

　　贵人遇过不少，小人也自然处处都有，当我开了一个茶叶兼文玩店后，这绘画的积累才算得到一个真正的爆发，那时候只要没有客人，便一个人纸上作画，全凭着那一腔的热爱，把生活的日常落笔于纸上，常常发在朋友圈，给友人们嬉笑且奚落一番。

　　有时想想，越是没有功利心的时候，应该才是最纯粹的时候，不为谁作画，只为心里头的欢喜，只为你所观察而感悟到的日常，那样的恣意才是真正的落笔成欢。于是，心性在那样一些日子得以最大的自由和开阔。

　　绘画这件事儿想要走传统的路线于我而言着实艰难，没有人脉，不喜交际，更无背景，也没有什么高等学府的学习经历。而好在，这也是一个自我表述的时代，因为各种自媒体平台，你的分享得以慢慢得到别人的认可与赞许，没有太多的技巧，唯一能保证的就是"以寻常生活中的点滴绘画人生的种种欢喜与自在"，这样的秉持得到了许多人的共情。

　　可能自己也是个内向的人，也可能经历过许多的冷暖日常，我喜欢生活

多晒太阳
多多吸收
正能量

中的那些嬉笑怒骂，喜欢用一些不正经的心过正经的人生，喜欢生活的坦然与松弛，喜欢自己的笨拙与淡定。

而经历过如此种种，人们总是用一种所谓的成功来定义，其实我以为成功是一件极其偶然的事情，当你真正地放下那种欲念，踏踏实实地做想做的、坚持想做的，有思考性地做自己想做的，可能会有一定世俗意义上的成功吧……

都说最理想的生活是做着自己喜欢的事儿去赚钱，我还是觉得有些东西你坚持坚持可能就是最终的热爱，而不是人云亦云。

读书、生活的经历、独立的思考，都是我们人生中最重要的事情，它们能决定你的高度、深度、宽度，以及你对生活的理解能力，我想我也是一路从颠沛流离中来，有一颗乐观而不怨天尤人的心，从一件一件事情做起，我想那也许就是理想落地生根的时候吧……

无所事事的十年光阴

我除了刚毕业那会儿在深圳的一家国企混迹过三年，正正经经地有份工作，拿着一份尚且不错的收入外，往后的日子似乎一直有些随心所欲，算不得一个让人安心的人。

后来凭着那一点不着调的"才气"，把妻子"哄骗"到身边，这才算正正经经地过日子。房子是妻子的，她自己来到我的城市也很快地投入工作，她说她最惬意的一段时光是怀孕的日子，一是因为母爱的爆发，二是我那会子在一家动画公司算是有份工作，大概这一切给了她足够的安定。

再后来自己想做的事情并未能做成，到公司上班让我觉得失去了趣味，理想依旧在空中飘荡，于是守着一台电脑，接些画插画的私活，要么就是跟兄弟偶尔全国各地跑跑，画画餐厅、游戏厅、夜总会的壁画，总之收入是朝不保夕。回头看，像我这样的境遇在那样的情况下真的是为难了家人。

不敢说自己是一个心性坚定的人，只是喜欢画画，只是也没有什么方向与人脉，只是自己还有些浮躁与力不从心。妻子朝九晚五地上班、养家，而我好像也在尽力找活维持。我们最大的矛盾是她想我有份正经的工作，而我却总是逃避，心里的理由是去动画游戏公司大抵都是从底层做起，那些机械而重复的工作让我厌倦，再则大概还是面子问题，三十往后总是不甘心从头开始。回头看我是个有些"自私"的人吧，总是太多考虑了自己的感受。

那些年的确日子过得艰难，在物质上没有给予家人太多的帮助，自己一度也怀疑过自己，好在自己笔耕不辍，在没有目的的日复一日中，积累自己的所思所得，才有了后来网络中的一点点小小的收获。

十来年的光阴说起来好似云淡风轻，但是我知道其中有许多不太好的滋味，我一直说成功于一个人而言是一件小概率事情，大部分情况下，好男人的标准还是应该承担起家庭的经济责任。我也是走了一条并不宽阔的路，只为了心里头的那点儿欢喜，我也并不希望给谁一个样板来模仿，二十岁、三十岁，许多的决定也罢，理想也好，都是人生的一个试探，只是也可能我们对成功的定义过于狭窄与世俗吧……好在，我有那么一点好运气，在十来年的坚持下，让自己的欢喜看到了希望。

如今想来，谁也不能给谁以示范，我只能说坚持热爱需要强大的心性与持之以恒，且不一定有功利性的结果，只是我们这一生，有些事情总得做一做，总得无怨无悔一回吧……

我越来越喜欢"成事"这样的词，凡事做一件是一件，当你能认真地把每一件事情做好，我觉得其中的收获不言而喻。

当人生用十年、二十年去沉淀与总结时，我想其中一定是有意义的。匠人是把一件事情做到极致，而我觉得学习、思考、创新，才有可能把一件事情做到艺术的层面，我想我依旧还在路上，也许一切才刚刚开始……

无所事事

和岁月一起漂泊

2002 年左右回到苏州城，兄弟们做装修的、干广告的、开店的……都是忙得不亦乐乎。就着以往的情谊，我便混迹在两个兄弟的家里。

做了一阵子装修，图纸也能画得有模有样，只是半年下来好像也没有什么乐趣，然后便是跟另外一个兄弟一起画墙绘，那两年江浙沪这一带的城市也算走了个遍，像一个流浪汉一样东奔西跑，倒也是慢慢习惯了这样的颠沛流离。

无论在哪一处，绘画的热情屡屡被激发起来，随身总是带一本速写本，想到什么便画些什么，也许漫画的萌芽便是从那些日子被触发。

画莽汉张飞、画懦弱的阿Q、画梁山泊好汉……想到哪儿画到哪儿，全是些飞扬跋扈、嬉笑怒骂的场景。才华二字尚且谈不上，但微弱如萤光的那么点儿"才"被网络那一端的夫人发现，于是才有了后面的故事与人生。

画墙绘的时候也有巨大的工程，脚手架上上下下，都是体力活，年轻时光着膀子干，虽觉得辛苦，心里想着大师米开朗琪罗也是这样日复一日画出的《创世记》，自个儿便也觉得有了说服力！其实那会子也就是辛苦一周到十天，便有个三五千的收益，再自由自在一两个月，没有太大的理想，只是因为画画这件事儿让人欢喜。

然后那阵子闲下来便去兄弟家附近的公园看书，看了苏童、余华、王小波……年轻的心情和现世的矛盾交织在一起，谈不上变得多么深刻，只是对人生有了更多的思考与追寻。残垣、断墙、春天的油菜花……布谷鸟飞过的时候，便想起家乡的劳作时节，父母亲以自己的无限纵容，放任着我的这一份年轻的自由光阴。每一年过年回去，被母亲拉着在桃花树下走上三圈，祈求着我的好姻缘……

再后来画杂志插画的时候，是用的钢笔画的技法，对光影、结构都有着比较高的要求，那一两年也算是对自己的绘画的一个重新学习与整理。每天坐在电脑跟前，好像除了画画也无他事，收益极低，而生活也在这种极低的成本下慢慢地延续。

再到动画公司工作，画场景，好像很容易就上了手，只是那会子的绘画体系还都不太成熟，代加工的太多，原创的还是少，所以做得也是慢慢就失去了兴趣，不想自己成为一个机器人，日复一日地做一些没有创意的事情。

如今看来，每一次的放手与选择大概都是有些随了心性，更多的是尊重了内心，而不曾好好地给身边人带来安全的生活。而所谓的"成功"这件事情，原本的概率就是微乎其微，好在我足够乐观，也好在我一直并未曾把身边人的成功当成自己的范本，好在我不曾放弃内心的笃定……

大概唯有画画这件事情，是我愿意和岁月一起漂泊的理由，也唯有画画这件事情，让我感觉到生活的意趣。

生活总有明月清风

人生至味，都在恰好的孤独中

办公桌上摆上一盆绿植，

阳台上尽力栽种些花花草草，

如果有方小院子玩弄四季草木便是至美。

我们在尽力解决了温饱与物质生活的关系后，

越来越多地投入精神世界的愉悦里。

生命的首要任务是谋生，其次是排解无聊，

大概植物枯萎繁茂的一生带给我们的欢喜，

在嘈杂的生活之外有着一种简单的慰藉吧……

摆弄光阴

人至中年，摆弄的欢愉越发简单，

一只猫、一些花草、一点无人问津的光阴，

跟它们无言以对，却时时相随，

在沉默间有着世上最简单的惺惺相惜。

朋友给的种子，说可以开出红色的花朵，

你便在泥土和浇灌间有了守候，

也许就是个盲盒，但在你的等待中，

它不负期许有了个灿烂的结果，

这世上的不急不躁里，总有着几分禅意……

等花开

良辰美景

清晨的阳光里给植物浇水，

多少带着一种习惯性的思维，

看着它们的每一片叶子光亮新鲜，

像是听到了它们的欢声和笑语。

它们生机勃勃着这尘世的光阴，

对抗了你那些不安分的心情……

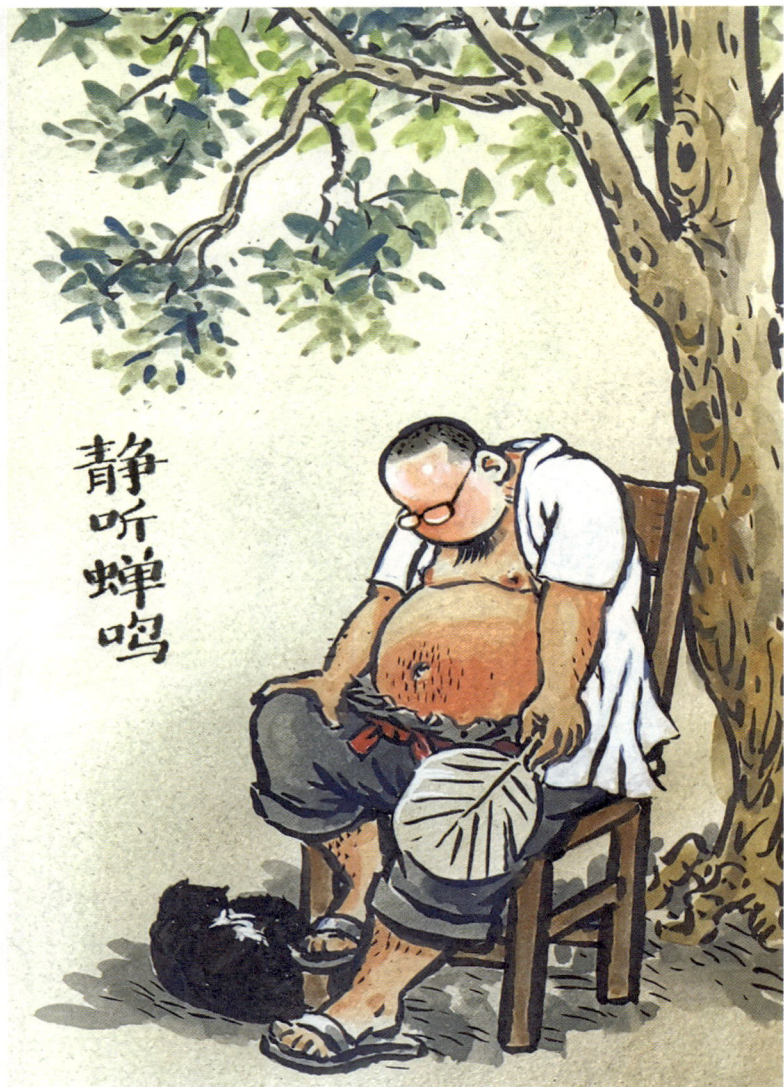

静听蝉鸣

那些常常落在枕头上的鼾声四起，

以及那些匆匆早起赶路的清晨，

在每个夹缝中打起的盹儿，

是一个中年人对自己的宽容和善意。

微小的孤独

阳光久了，盼望阴雨的滋润，

睡不着的夜听着手机里助眠的雨声，

墙角的花儿默默绽放在它的季节里，

像是一种守护，给你以春天的心情……

这世间的幸福与美好常常游离在欲望之外啊！

如梦似幻

无意间经过郊外的一片花海，

那种成年人的装模作样在此时得以释然，

一朵花和成片的花海有着不同的撞击，

就如同一颗灵魂面对浩瀚的星空，

生之渺小和偶然都是我们该有的敬畏。

小时候隔壁邻居家的葡萄架硕果累累，

于是一方院子有个葡萄架是我对美好生活的执念，

于是葡萄架下的阴凉和吃着瓜的光阴，

必定是一个中年男人午后最大的惬意。

惬意时光

虽不曾深刻地明白那些前人的哲思与道理，
但若是在夏日的蝉鸣声中，
心无挂碍地在体力劳动之外有片刻的憩息，
我想父亲的夏天便就是我眼中的诗意……

打个盹儿

大概能徜徉于一片无边无际的草地、花海，

是我们对自由光阴最大的浪漫假设，

那时候耳边有低低的虫鸣，还有远方风吹来的声音，

自然变成一个寂静而又充满音响的地方，

你便觉得我们和尘土大地终究会融合在一起。

夏刚至，但阴冷与寒意仍旧时时继续，

看着门前的花儿们欢声笑语，

便觉得这些曼妙的光阴需细细体味，

我们常常把自己投入人群中排解寂寞，

殊不知更大的寂寞如影随形。

谁都拥有过花好月圆的时光，

但终究要做好有一天被洗劫一空的准备。

孤独是生活的常态，

但人生的况味却常常在那些沉默的光景里……

三言两语说道理，
一片赤心忙日子

生活就是这样，

有此一时的烦恼、彼一时的开悟，

有忙忙碌碌讨生活，亦有片刻间的反思。

聪明的人善用巧用自己和别人，

愚笨的人重复一件事情也有大智慧，

不再被他人左右情绪，

看清事情背后的目的与逻辑，

想来许多事儿都是人间的吵闹而已……

避世是中年后常有的心态，

一个人自然很好，无攀比、无焦虑，

只是会不会久了对自己再无信心？

有三五好友的饮酒吹牛皮，

亦有一个人时的小小惬意。

人可安静，不可麻木

水善利万物而不争

想来人的柔软与胸襟才是最大的智慧，

以柔克刚、有容乃大……

莫与草争，将军有剑，不斩苍蝇。

粒粒皆辛苦

吃得豪迈大约仍旧是我们的心病，

从地里捡拾过麦穗儿、稻子……

一碗白米饭就着咸菜也能津津有味。

现在越发地明白，

吃得舒服而干净也是一种觉醒。

总有人以财富之名判断成功与否，

总有人用LOGO代替生活的态度，

生活一直是自己的，

他人嘴中的三言两语不过是日常的喧嚣而已。

对于滑稽之人、莫名之事
还以谜之微笑即可

浑水摸鱼

摸鱼好些时候成为现代人的"态度"，

在我们抱怨着老板、同事时，

可曾想过自己的价值？

一个能为他人所用，且目标清晰的人，

也许能在周遭的混浊中摸到自己的鱼。

手格其物而后知至，行先于知，

今日欲通达宇宙之奥秘，

万事万物之道理，

唯实践尔。

格物致知

于寂寞处听刀枪剑戟，

垂钓的是鱼，拼的是耐心，

也是一次你来我往的游戏。

秋高气爽牧白云，

水静流深下金钩

人生在世，
平衡二字

平衡你和外在的关系，

平衡你的心绪，

平衡取舍与得失，

即便是走路也得交替而行，

彼此你来我往方才和谐，

哪有什么输赢……

三言两语说道理，一片赤心忙日子。

说的是道理，也是我们焦灼的生活，

行为总得有些理论来支持，

烦躁须得三言两语来慰藉，

相似的是把那些负荷的人生，

一样一样地慢慢减轻，

方得那"轻舟已过万重山"的畅快之心境吧！

山水一程，四季有幸

立在深秋处回头望一望，
城市在落雨、山川在飘雪，
从炙热到寒冷仿佛一瞬之间。
下一个假期便是和过去的一年告别，
说起来有几许的伤感，
如此的四季流年，
我们挥霍过，也珍惜过，
一直目睹着它周而复始，
直到把双鬓染白……

春潮

当水边的芦苇叶冒出一尺来高时，
在万物更新的涌动下，
人的心性亦被激发起来，
想看大江大河，想览山川湖泊，
想撒野在春草中一路向前……

夏荷

荷塘里挤挤挨挨的全是荷叶，
荷花兀自开放，出污泥而不染。
我最喜夏天的傍晚，
金色洒满池塘，
一切都被笼罩在一片童话之中，
让人忘记了时间。

忆夏

少年时午后的知了声一直在耳侧，

大柳树下冰棍儿的甜蜜让人欲罢不能，

那些光着脚丫子在烈日下奔跑的日子留在了记忆里，

留在了那些明媚的、炙热的、空旷的、

小小的村落里……

我的女儿出生在一个初秋的上午，
我们初次相见时她正吐着泡泡。
许多年后在异乡巨大的杨树林下，
在秋意最浓烈的日子里，
又让我想起了这样的一个清晨，
一个投奔了我们、安静而来的小女孩……

晚秋

垂钓的是鱼，垂钓的也是一个人的风景，
中年人的欢愉是有这样的一个午后，
躲在世界的角落里无所事事地打发光阴，
暮秋的湖泊有着某种苍凉的安宁，
有着成熟后的淡然与恬静……

冬雪

冬天的一场大雪把全世界都变成了游乐场，

没有打过雪仗的童年算不得完整，

没有堆过雪人的冬天小有遗憾，

我喜欢雪花涌动下我们肆意着的喜悦，

那是一份和自然相互成全的自由自在……

还是在那个村落里，那片杨树林边，

我们记忆深处的那些个少年……

冬安

后来，冬天的安宁来自书桌前的一盆水仙，

它成为冬天的一份仪式感，

相互守护，亦无须多言，

总是在那一些日日相守之后，

给了你意料之中的素静与欢喜。

花开了，过年了……

清欢

真正的阅读是无我而舒适的，
做一个在自己世界简单的人，
踏实而饱满，坚定也温柔，
不沉溺幻想，不庸人自扰。

真正的阅读是喜悦而自由的，

读书不是刚需，虚荣才是。

十五岁的时候，

我跟你一样追赶流行，

但五十岁我开始热爱俗气的一切。

你觉得是我老了吗？

不，我只是一如既往地热爱我十五岁时喜欢上的东西。

在微寒的日子里想象一下艳阳天，

在感叹光阴易逝的时候拥抱光阴，

在困惑的时候做好眼前的事情。

四季是昨天、前天、现在与明天，

四季是深秋时有漫天的枫叶，

在北风呼啸的时候有杯中的温情，

是来吧，我们继续走，继续体会这山水又一程……

生活在此处，总有明月清风

夏天开阔而自由，
常常最容易释放自我。
张三的夏天有着自己的哲学，
也有着自己的悠然自得。
生活一直是自己的，与他人无关，
在所有的躁动与不安中，
想来总有一份明月与清风……

生活是从早晨的闻鸡起舞开始的，

事实上是从你预定的闹铃开始的……

只要你愿意，

它便充满了足够的精神抖擞。

生活是从一箪食一瓢饮开始的，

如果你足够热爱，

它虽大汗淋漓却也充满了乐趣，

想抱怨的人生嘛，

怎么都是辛苦，

而试着体验的人生处处有收获。

一箪食瓢饮

生活在此处

生活是从打理一些花花草草开始的，

所谓蓬勃的生命力，

也是相互给予的欢愉。

有些美好是琐碎的幸福，

是寻常中你的感受力。

生活也是从一些文字与书本开始的，
相互给予的不只是物质上的丰沛，
还有来自灵魂的跳跃与警醒。
腹有诗书气自华，
自古当如是。

生活有时就是围城吧，

我们造了许多的笼子，

自欺欺人地把自己困在其中，

也许生活就是一次次用力地逃离。

围城

我是谁

生活是皇帝的新衣，

随波逐流是世人的稳妥，

言之凿凿的常常是局限的思维，

在进步与退化之间，

有没有问过：我是谁？

生活是周末下午的一次逃离，

放下手机，放下那个重要的自己，

把时间交给时间，

把自己丢在风里。

半日闲

最近的纠结

生活是一次大汗淋漓中与自己的反省，
世界上最远的距离也许不是我和你，
而是近在咫尺的纠结，
人生中一些困难往往总是来自自己。

人生当自律

戒烟戒酒，是四十往后的说服力。

既然生活是一次体验，

想来也是种种的放弃，

人生当尽兴，人生自当适时自律。

有些日子看似平淡，
却是在和自己热烈地相处。
回头看，人生的一些收获，
往往就是那些不经意间的涂抹，
没有功利、没有刻意，
在最真的性情中探寻自我。
并不是所有忙碌都是生活，
我想一抬头的明月、一转身的清风，
那些微小而你能感受到的幸福，
可能才是最真的生活吧……

晃晃荡荡在夏日时光

夏天常常连接着松散与自由，
大裤衩与人字拖，啤酒和夏晚的风，
西瓜就着烧烤，抑或是抬头月明中，
一个人随遇而安着人间的烟火，
在炎热中继续着一份不紧不慢的生活，
我喜欢着这样的随性与宽厚，
喜欢一个中年人在夏天的随心所欲。

中年后不再贪恋夜色下的霓虹闪烁，

喜欢早睡早起后一杯清茶的慢悠悠。

哈欠可劲儿地打两个，

门口的树荫下有着怡人的晨风，

两只鸟儿或上或下跳跃着新一天的欢乐。

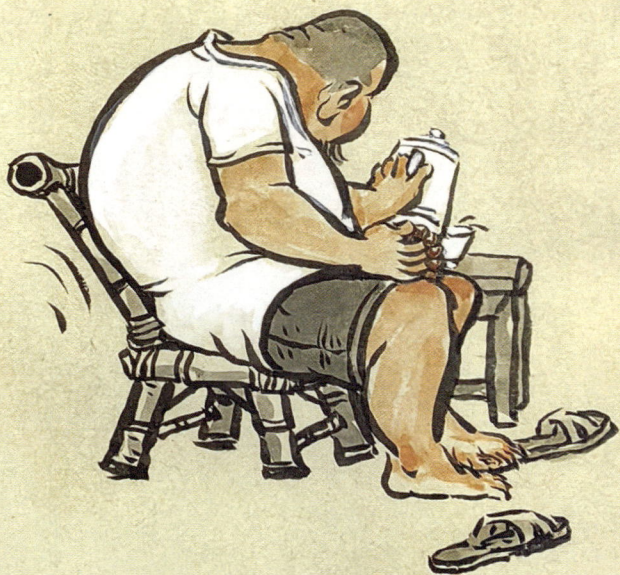

一杯清茶慢悠悠

趁着光阴尚且安宁，

去车水马龙的街市溜达两圈，

看上去鱼儿足够新鲜，

且为夫人的伙食改善做个铺垫。

黑妞你站得高望得远，

不是你的莫要贪恋。

夏天的厨房是男人来承担的！

荤素搭配是要新鲜与健康的！

穿着裤衩的大厨是彪悍的！

她娘儿俩的幸福我是负责的！

嘘——生活仍旧是需要低调的！

色香俱全

减肥餐

夫人说看着你体形，"三高"就快来报到，
你的辛劳全当是震荡掉身上的肥膘，
黄瓜就着西红柿，到客厅里回避回避，
以后小白兔吃啥你就吃啥……
黑妞对这样的人生也表示了怀疑。

灵魂激荡

我想人生的乐趣除了吃一定还有别的！

画画便是这躁动灵魂的慰藉，

有点想念海边的蔚蓝、

晚霞的灿烂、海鸥的盘旋……

那些迸发的灵感常常在转念之间，

有些热爱，让时间变得生动而具体。

一个周末无所事事的下午，
带着鱼竿去浪荡江湖。
无所谓收获几许，
但求光阴令人沉醉。

浪荡江湖

自在

芭蕉树下的风凉让人不缓不急，

难得追个电影叫人心生欢喜，

茶水两三口，挠两下后背，

这痛快的感觉呀，

便就是个人间最怡然自得的光景！

一个人喝点儿酒未必就是孤独，

一个人对月洒脱、迎风细说，

不过是于无人处的自我辽阔，

这月亮也是李白看到的那一轮吧？

欧阳修的黄昏后定有着俗世的快乐吧……

俗世的快乐是与闺女的相伴左右，

她的叽叽喳喳中有着日子的描述，

而我的沉默里掩藏着人间的享受，

那些混乱与嚣张变成眼前有理有据的幸福！

幸福

当然，热火朝天的生活大部分时候是忙碌，

当然，我们只是不记得哪些悠闲该属于自由。

我只是喜欢着那些看似不着调的生活，

喜欢着不卑不亢地生活在四时之中。

我们也许都活得过于严肃而正经，

容易被世俗定义成一种"成功"的样子，

那些接近舒服的快乐只是寻常的生活，

比如这偶尔晃晃荡荡在夏天的自由。

头顶上光阴

在我外出读书之前，都未曾进过理发店，一直是父亲代劳，一把剪刀、一只剃头的推子、一块旧破布便是父亲全部的家当。这儿长了多剪两刀，那边再推推平，夏天实在不行剃个光头也是可以的，反正全是父亲做主说了算，反正全村的孩子都是一个样子。

直到初中时期的郭富城式的两边分流行全校，我才对父亲的手艺有了质疑。照着我拿出的画报，父亲勉强完成了一次流行的创举，那是第一次我对于"美"的要求与叛逆。也是在那会儿，在老师的目瞪口呆中，全班的男生完成了一次集体性的大流行。

外出读书，眼界得到开阔，个性也一下子得以释放，虽是囊中羞涩，但城市路边的理发厅的小彩灯已然五光十色……自己偶尔打工赚点儿外快，也能兼顾一下发型，对于乡下人还不理解的牛仔服也已穿得心应手，走在城市的街道，笑容里多了些灿烂，言语中有了些自信，那会子俨然已经是个时尚的年轻人。

当卡拉OK渗透到校园的角角落落时，我才知道自己居然也有着一副不错

二月二龙抬头

的嗓音，当周末的舞会中我们也能三步四步地起舞时，我想那一刻的人生应该有着些得意而忘形。

后来工作后去理发店理发是常态，不再是路边小店，各种连锁店、港台风盛行。从最初小店的五元、十元，到后来大店办卡的上百元一次，从最初先用洗发水再清洗一下，到后来摩丝加身。男人短短的发型中也有着各色的变化与流行，中间留一撮加长的，艺术型男们长发飘飘，时尚小青年染成金色……好在我还算循规蹈矩，没有过分地嚣张。

人生的种种变化一是眼界，二是境遇，再则大概便是年纪。在浮夸的Tony（时髦）风下，楼下大爷不用排队的老式理发椅让我足够安宁，肥皂的香味中有着旧时父亲的味道，不紧不慢的攀谈中有着家长里短的往事……大爷这儿没有流行，只说这样便好，"相信我的手艺，想当年我在上海混迹，也带过十来个徒弟"……

再后来和夫人提出来想剃个光头，她有些不解，只说短寸也挺好的。

然后便是在夏天用十来年前给闺女买的奶娃娃剃头工具剃头，居然十分地称手，于是乎，自己的发型便成了一个光头，全部由自个儿在卫生间完成，一周总要剃上一次，熟能生巧中多了些怡然与舒适。

喝茶便好，布鞋最舒服，吃饭蔬菜多些，七分饱便可……四十往后，人生便当真是多了许多的随意与从容，不去较真儿。

并不是说哪个不好，每个年纪都有着自己的烙印，那是一段成长与追寻，一段求得认同与分辨自我的过程，如今突然想起来，便觉得真是一段不短不长的岁月呀，那么多同路人，那么多一样的感受与返璞归真。

爱情这件事，谁都招惹过

少时家中算是比较贫困，盖上三间大瓦房能给儿子娶上媳妇儿大概是我母亲心中的理想。中学时便有个姑娘偶尔出现在我家，仔细回想起来一定不是我主动的，母亲那时候竟是十分中意，一个乡里的，人也朴实，想来定是十分适合。

母亲的喜悦与聒噪让我了然其心思，好在后来很快地考了学去了苏州城，此事便也就不了了之。

青春岁月，哪能有不喜欢的姑娘呢？况且是班上女生多、男生少的情况，不知道是因为自己充老大的豪情，还是有那么点儿小小的自卑，暗恋过、纠结过、小小地暧昧过，淡淡地再离别，终究是自己的个性，不曾捅破那层窗户纸……后来再翻起上学那会儿的相片，和同班姑娘们一起的合影倒真是不少，满脸的青春笑意，没有尴尬，没有介怀，算是青春时候的完美。

我绝对不是一个浪漫的人，和许多中国男人一样直接而没有趣味，年轻时最不会站在别人的角度思考问题，更谈不上心思细腻，好像只是凭借着那

我从你的秋天走过

一星半点儿所谓的才华撩拨姑娘们的心，好在自己算是个正派的人，感情上倒不曾太随性。

2000年左右网络的兴起，拉近了人与人社交的距离，最初的QQ应该有着红娘的功能吧……

一个无聊的三八节的下午，兄弟的饭店正在培训员工，而我用百无聊赖的心情，借着QQ抓住了一个姑娘的心思。文学是所有文艺青年的切入口吧，而绘画也能让人添加上所谓的才气。这个"眼瞎"的姑娘一下子跟我聊了小半日，在夜晚的辗转反侧中，我居然有了些莫名的惦念……

不晓得源于怎样的冲动，只是二十天的网络聊天，我突然便决定去见见这个姑娘，不为美若天仙，也不只是"臭味相投"，好像二十八九岁的日子该有个笃定。

南京莫愁湖畔一个大爷的风筝放得极好，我转身回头，看到一个矮小的姑娘推着辆自行车正摇头晃脑、略有羞涩地朝我这边看着……不是个美女，却也有七八分的可爱，眼睛极大，有点儿傻里傻气，好像气氛也没有那么尴尬，便一路相随……

后来再提及夫人是如何瞧上我的，一是恨铁不成钢的才华，二则是我天生的阳光笑意。

我记得她因为我的懒散而落过泪，也记得她能利落地做出一桌子的菜，还有她辞职搬家随我去苏州城定居的勇气……

我记得一次次去苏州站接她时的那份期待，记得有次送一束藏在伞里头的花的慌张，还有过年时画过一张她的画，她所表现出来的娇嗔与喜悦……

爱情这件事情，谁都招惹过，有怅然若失，有情不自禁，有快乐飞上天。但生活这件事情，却是脚踏实地的日日相处，需要耐心、理性、包容，还有物质上的扶持，而我好像做得皆有所欠缺。

年轻时喜欢漂亮的姑娘，后来喜欢性情相投的人，到如今才了然有些人是你一生的福分。

夫人于我有着极大的辅助，她独立而不缺乏勇气，她碎碎念却也心思细腻，她在我长久黯然失色的光阴里，默默耕耘。没有她应该也没有如今我在各大平台的画儿，没有她可能也就没有那么多有趣的文字……自始而至今，都是她的思考与才华一路影响着我，尊重着一个吊儿郎当的男人去做不切实际的事情。她其实是东南大学艺术系毕业的才女，我的文凭与她相较反倒是相形见绌啊……

快二十年的婚姻生活，习惯也自然，彼此默契，相互协作。如果说绘画让我最欢喜，那么夫人让我最安心，女儿则是人生的最知足。不是一个浪漫的人，却用最好的运气、最不可思议的决心，在最恰当的时候遇见了一个最美好的人。

风月都好看，
人间也浪漫

生活艰难，需要几分诙谐与勇敢

每个人的生活里总有几座大山，

但朝阳与落日并不曾为此黯淡，

日子由不得你感叹，依旧匆匆向前，

悲伤也罢，痛苦也罢，总需你去化解与承担，

生活有许多的不确定、无力感，

但明天与未来总是一个诱惑与理想，

会更好、会有新的改观、会如愿，

于是提着昨日种种千辛万苦，

向明天换一些美满和幸福。

算来算去，细水长流是根本，

有支出，也有些收益，

勉勉强强有一点点积余。

日子就是在指间的精打细算中，

才过出来了一个人模狗样的生活。

办法总比困难多

追求效率是这个时代的特征，

慢不下来，快得焦虑，

把每一个人的才能发挥到极致，

压榨着自己，常常忘记了生活的样子，

我们太匆忙，于是勒死了趣味与教养。

我们追赶着生活，生怕落伍，

路上的风景不过咫尺之间，

精致的生活全在朋友圈，

人间的日常是你我的点赞，

我们无所不知，我们却张口结舌。

学而不思则罔

好好学习
天天向上

小时候把《三字经》从头背至尾，

父亲说小和尚念经——有口无心。

我们学习了许多正确的知识，

有时却不知道作为一个个体存在的价值。

我们总是喜欢实干家，

喜欢言必信、行必果的人。

这个世界从不缺少梦想家，

却只回馈此一刻向前奔跑的人。

人生的意义止于人生，

有不做梦的，没有梦不醒的。

生活哪有那么多大道理，

生活也需要随着性子暂时地苟且，

尊重着自己的放纵和肆意，

我们只是明白了许多的道理，

却单单对自己拘谨。

肚量

人言常常左右着情绪，

人言里有着许多世俗的尺度与标准，

好在城市足够大，你我都陌生，

好在我已不在意那些成功的范本。

忧勤是美德，太苦则无以适性怡情；

淡泊是高风，太枯则无以济人利物。

抬头看见了月亮

低头要生活的日子有些多，

霓虹灯常常晃了眼，以为那就是生活，

我们很容易喜欢上自己的欲望，

而不是自己内心真正想要的东西，

不能听命于自己者，或许就要受命于他人。

生活常常艰难，

你总需要几分诙谐与勇敢。

不管怎样，永远不要蓬头垢面地面对这个世界，

你那么尿，那么孬，

难道还想让世界为你堆满笑脸？

春日的天空总是不甚明朗，

像心情一样蒙上了一层薄纱，

悲喜人间，各有各的无奈与骄傲，

剑未佩妥，你早就身在江湖。

错的并不是我的身体，

而是我对自己的人生设限，

因而限制了我的视野，

看不到生命的种种可能。

是啊，生而艰难，

你总需要几分诙谐与勇敢。

撞进夏日晚风

夏天的温度灼热着皮肤，
我们真切地感受着它的朝暮。
忙碌和悠闲齐头并进，
炎热与风凉相濡以沫；
有时骂着它的张狂，
有时享受着它的丰沛，
有时在晚风中与它暧昧……
你总说人间嚣张，没有这般闲适，
我只是觉得每一片幻想的时光，
都有可能是我们的人间小理想。

结束每一个白天的工作，

我们跌跌撞撞在夏日的晚风，

有点儿辛劳，又有点儿收获不丰，

现代人的原罪之一，

便是苛刻地想要自己变得优秀。

地摊经济很重要，

抓住每一个变现的机会，

让自己的逍遥有点儿底气。

片刻悠闲

张哥说吃过晚饭对弈一局，
白天忙到起飞，
夜晚还是把自己还给自己，
棋盘上见人生，
也不过是有退有进方才高明。

想来也是，这现世的生活，

有些人守拙默默耕耘，有的人浑水摸鱼度人生，

孰是孰非不可一概而论，时势造就选择，

而心性亦决定选择，结果终究是自己来担负。

我还是喜欢这夜晚宁静的光阴，

做欢喜事游刃有余，

有些闲散心只为自个儿的高兴。

抛开那些牛皮与高谈阔论，

且听听心里头花开的声音。

书岩路

科技改变生活

此时室外的岁月艰难，

室内的幸福需感谢科技的进步，

也许人类变得越来越脆弱，

也许懒散也是动力一种，

还是要相信人的智慧，

还是要有一颗敬畏的心。

满大街的荷花与莲蓬，

而新藕已在齿颊间留香，

江南可采莲，莲叶何田田，

有些浪漫并非亲力亲为才可，

一行诗句便是一个不拘一格的时节。

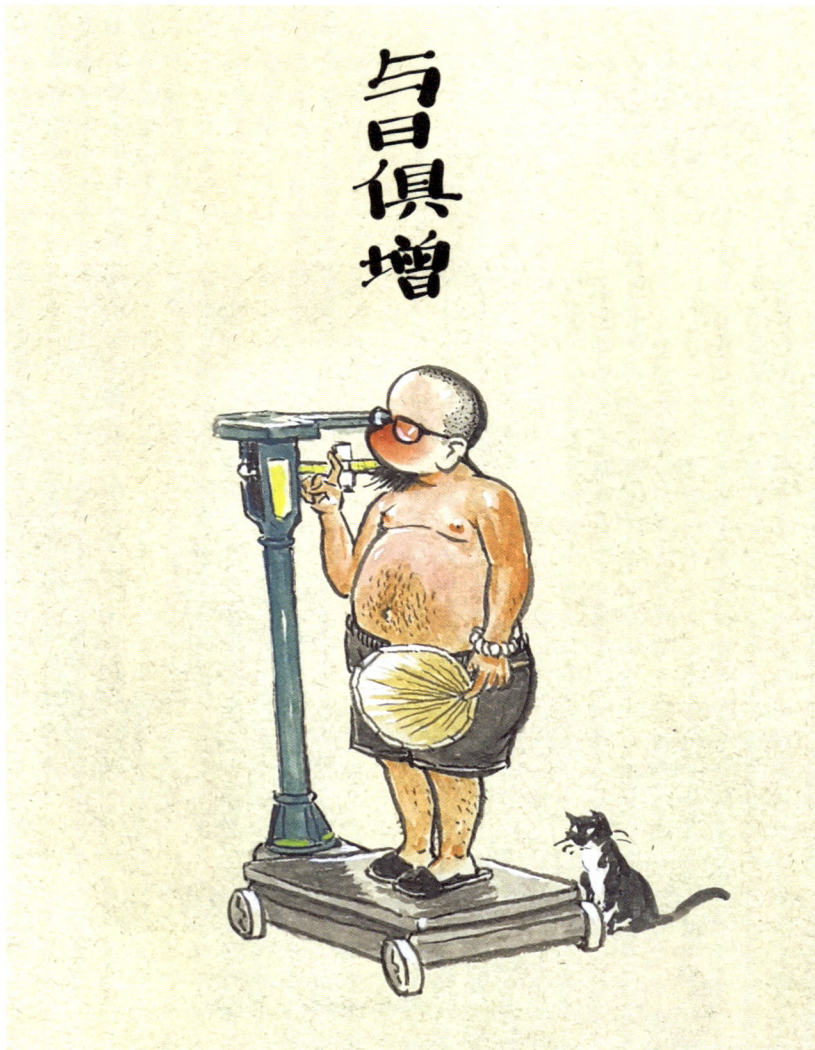

与日俱增

过去总听得老人们说痒夏，

天热而睡不安、食之无味，

而今夏天的窝居中总要多长几斤，

减肥的决心已成为日常的随性，

只是这体重与岁月共长，脑门儿与日月同光亮。

夏日悠长，夏日的晚风中有最多的遐想。

这世间每一个人的岁月，

或大同小异，或几度风霜，

见天地再见自己已是不易，

能见众生则需一颗广阔而慈悲的心吧……

四季自是有四季的感念，

而唯有夏天的有些天马行空，

光着膀子的日子摇曳着自由，

这自由中有着一个中年人的自省与自悟，

我们笨拙地撞出这世间自己的轮廓，

不甚完美，却也足够丰富。

我还是喜欢着此一刻，

喜欢这晚风中撞见的烟火种种。

风隐于密林，蝉鸣漏进盛夏

最近得了一个铁铸的风铃，
便挂在了阳台的窗子下，
只要是来一阵风，
风铃的声音叮叮当当甚是好听，
心里头对燥热的感受也缓解了不少……
想象着在一处茂密的丛林后头，
溪水潺潺中盛夏的阳光穿过树叶的缝隙，
而蝉鸣声的忽高忽低里有着夏天的传奇。

早晨的浪漫

吾是一个慵懒的人，

只是到了一定的年纪，

便也有了早睡的夜和早起的清晨。

当城市的生机勃勃从广场而起时，

我还是喜欢"姑娘们"乐观的心情。

护城河边夏天的早晨有着一层薄雾，

在氤氲的水汽中有着一份清爽的湿润，

年轻时总是迷恋霓虹灯下的夜色，

而今觉得这样的早晨有着少时乡村的况味，

安静又恬淡，开阔也随性，

带着一点露水的潮湿把凉意留在了清晨。

清凉意

穿街走巷

喜欢穿街走巷地随意游荡，
就像小时候喜欢光着脚在田埂边闻稻香，
有时一扇门吱吱嘎嘎地打开，
哼着小曲儿的老人家也赶着晨时的第一抹阳光，
或者是公园，或者是面馆，或者"舞刀弄枪"。

火热的夏天

一个人也不辜负时光，

张三的豁达从来都是来自对生活的热爱，

而热爱生活其一便是口腹之欢愉。

三伏天的火锅有着一点张狂，

而在蝉鸣的声声中有着对炎热的包容与对抗。

生活嘛，总是在当下。

小时候炎夏的西南风吹得最是燥热，

前后门对开着，躺椅放在门东一侧最风凉，

院子的西边种过一棵芭蕉树，

五分自然风，五分电扇带来的清凉，

总是能熬过最炙热的艳阳时光。

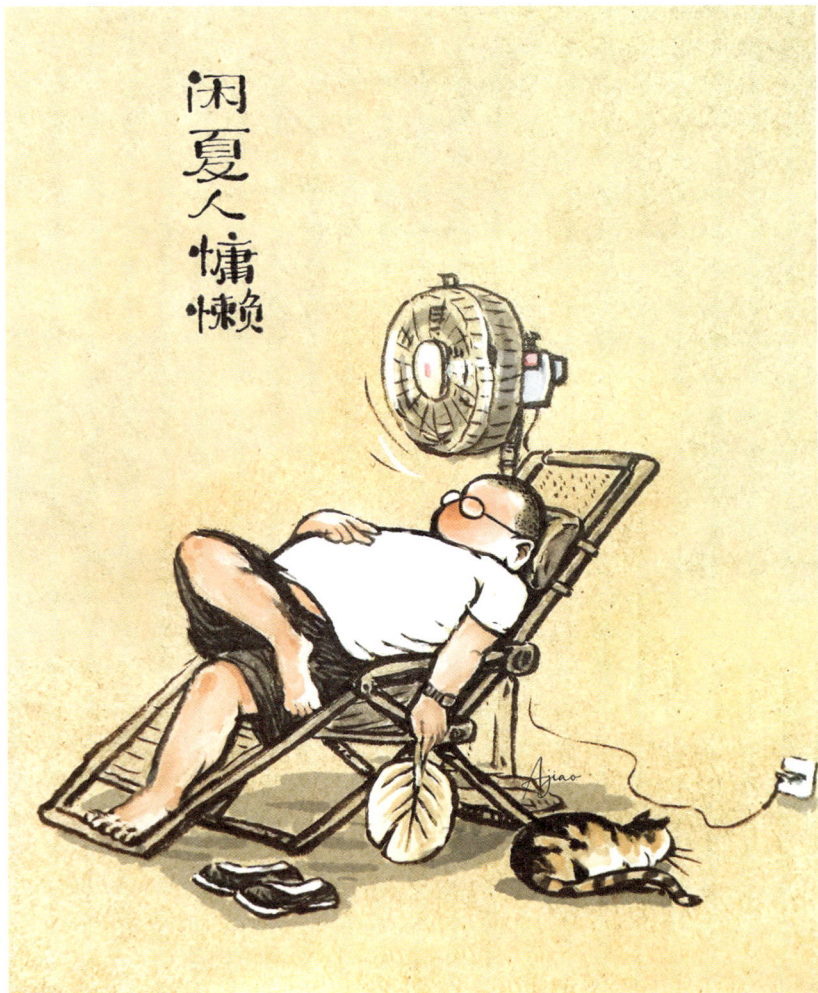

闲夏人慵懒

挥霍时光

我总以为少时垂钓有着捕获的喜悦，

中年人的垂钓里多少有着一个人避世的安宁，

少时凡事须得有一个结果方才满足，

而今天了然过程才是所有的欢喜。

有时心血来潮地绕着公园的跑道挥汗如雨，

一只头顶上盘旋的鸟儿带来了竞赛的意味……

男人至死是少年，

有时候跑的好像不是体力，

恰是少时一群放学后呼啦啦越过田野的"游击队员"。

好像夏天夜晚的月亮格外清澈，

一把竹椅就着酒气和茶香，

心里头的明月光拨动着千年前的盛唐，

有些诗句跨越岁月依旧有着共同的豪情与悲伤，

诗在，故人便在。

睡得红透了的竹凉席还在记忆中清凉，

后来电风扇摇曳过我的梦乡，

那些不知疲倦的日子啊，倒头便睡，

而今天只盼望辗转反侧中好梦一场。

要不了几天就是节气上的秋了，
虽秋老虎也许会继续发威，
但心理上的秋意却逐渐浓烈。
回头看又一个盛夏被自己云淡风轻地越过，
人生有时便是这样吧，
总要有些嬉皮笑脸，总要有点积极与畅想，
方才能度过一些所谓的幽暗吧……
凉风一直在，须耐心再等等，
而心中有诗，也许是时间的意义。

酒不必多，微醺即可

夏天的晚上，就着晚风适合来点儿小酒，

春天时节不暖不热，三五好友也是要喝的，

秋天的蟹肥鱼美，无酒不成欢呀，

冬日即便是窝着，围个炉也是需要小酒助兴的！

如此看来，四季皆有酒，

有了酒才能成全四季的心情啊！

酒不必多，微醺即可，

于是乎，二两为宜，谈笑间你有我有全都有！

夏风清爽

有时喝酒最舒服的方式就是：

有俩好菜，须美酒助兴，

虽无三五好友天南地北地扯，

但对着清风明月，自斟自饮，

也别有一番舒阔。

莫贪杯

有时候大约也有种莫名的兴奋劲儿，

跟哥儿们几个聊得开心，

回来忍不住又补了两口，

就着家中的安逸，

迷迷糊糊地浪荡于九霄云天……

宁可居无竹，

不可食无肉。

都道修禅苦，

最苦无酒肉。

啤酒加烧烤
假期快乐必当了

夏天的自由除了大裤衩人字拖，

夏天街边的大排档喧嚣着人间的烟火，

巨大的风扇呼啦啦地摇摆着晚风，

一杯酒带来了人与人的热络，

在正经的生活之外，

我们需要这暂时的随性和豪迈。

买了酒，买了花生米和五香牛肉，

路遇兄弟在巷子口，晚上不忙咱喝上一口啊？

好咧！回家安顿好孩子这就过来！

寻常的生活没有那么多功成名就，

在街头巷尾，

不过是遇见什么便握住那当下片刻的自由。

醉春风

有些酒好像也不是为自己喝的，

遇山花烂漫、高山流水之时，

酒也是位知音，

与花、与月、与流水对饮，

它能抒发你与这世间的相互怜惜。

有瓶好酒
不忘好友

男人之间的小把戏也很简单，

得了瓶好酒给哥儿们晒一晒，

隔着屏幕都能感觉到扔出来的鞋，

说好了留半瓶下次一起嗨，

说好了不醉不归不见不散。

也有那冬日寂寞光阴，

楼下卤菜店切了点口腹之喜，

热上一壶小酒，

自个儿想着些自足与安心，

一个人也可以快活似神仙。

口腹之欢

坐看云起

夏天的风与夏天的云彩，
总是有份意料之外的感动，
晚风惬意中，晚霞绚烂，
有些黄昏更让人贪恋，
像是用尽一生的力量跟时间说拜拜，
人生何尝不是如此，
每个人总有一次彩霞漫天的光景吧！

有些酒喝的是一些社交，

有趣的酒喝的是一份情怀，

几个人一起喝的是岁月，

这俗世的酒大部分都连接着人间的长长短短，

它让我们敞开心扉，胡言乱语，

它或多或少地慰藉一下我们有时枯萎的心情。

不必在意，亦不必当真，

人生嘛，不就是二两小酒，亦幻亦真。

秋韵

姑苏城中秋吃食

幼时在乡村，父母中秋前总会买来一扎月饼，四个或者五个装在一起，用油纸麻绳扎着，月饼咬开来，红丝绿丝的甚是好看，也有芝麻和核桃仁。母亲总会把一块月饼切成四瓣，就着早餐时的粥每人吃上一小块。记忆里除了甜还是甜，反而觉得外面印着红章的酥皮更为好吃。

后至江南读书，第一次接触生煎包时，觉得那简直就是人间的至味，咸甜可口，外脆里嫩……只可惜读书时囊中羞涩，只是偶尔过一次口腹之瘾。

中秋还有一月，天气尚且炎热，可是满大街的点心店便卖起了鲜肉月饼，外头的皮是酥脆的，里头的肉馅儿是有汁的，它似乎完全满足了我对点心的幻想，于是，姑苏城的肉月饼成了心头好，也成了给外地亲友们品尝的时令佳品。

鸡头米也是夏末初秋最时鲜的小食，只要一上市，满大街全是剥鸡头米的手工业者们，价钱着实不便宜，可是吃的便是这一份金贵与时鲜，我倒是格外爱它就着莲藕、菱角一起炒，名曰"荷塘小炒"这种做法。

平时在苏州城闲逛时，可见满大街的香樟树，可唯有秋天到了，桂花的香气四溢之时，才发现原来到处种植的都是桂树。于是，桂花的香气伴着糖炒板栗的香气，成为大街小巷别样的秋天滋味儿。

六月黄说的是夏天的"童子蟹"，一般为裹着面油炸，而后加上青毛豆米一起做，是夏天最应景的江南美食。但螃蟹的最美味自然还是要留到秋天，只需清蒸，一点儿姜末和香醋，偶尔几口黄酒，对着清风明月，当是秋天最风雅之事了……

还有一样吃食我总是为之念念不忘，便是"桂花糖芋艿"，芋头刚上市，去皮后和红糖炖煮，加少许食用碱，吃之前撒上些许的干桂花，便是一道最秋天的甜品了。

江南深处最姑苏，一方水土一方人，吃食上的丰饶自然是离不开山水的富足与滋养，在这儿待得久了，便也是半个地道的江南人，爱早起吃焖肉面，爱冬酿酒，爱羊羔肉，爱每个时节大街小巷卤菜店、糕团店排起的长队，爱人们对节气的敏感和对日子的怡然自得……

秋思

记忆中的老师们

我生于二十世纪七十年代，那时候乡村的孩子极多，一大早上学时总是奔跑嬉闹，背着小黄书包，很是快乐。上学的路除了正经的大路，也被我们开辟出来许多的小路，尤其以田埂与河边最多……

那时候我们的老师年轻的以高中毕业的为多，老的便不得而知了，但是着实没有什么普通话的教学，乡音夹杂着读书时的普通话，以至于许多年后我们的城市生活中，仍旧有些字不能说得很标准……

那时候老师是必须有根教鞭的，是班上某个男孩子去做的，即便日后这样的鞭打落在他的掌心，似乎也没有什么记恨。

父母亲遇见老师说得最多的便是：不听话便替我打！对夫子们的遵从那是根深蒂固地落在传统父母的脑子里的，所以我记忆中的少年学习生涯里，打骂也是很直接的，但说起来记恨的却没有多少。

记得初一有位女班主任，丈夫不在身边，在农忙季节，我们班级里的孩

子替她收割了稻子，那会子我们觉得像是一场全班的劳作运动，开心至极，每个乡野长大的孩子对于收割、捆绑、挑担……或多或少地都能游刃有余，那片阳光下孩子们一起喧哗的金灿灿的记忆烙在我深深的少年时光里……

再至后来高中遇到些许正经师范大学毕业的年轻老师们，他们才思敏捷，目光远大，给了我们大量的阅读与思考，告诉我们大学是如何，外面的世界是怎样，读余秋雨、王朔、贾平凹、余华……于是青春里便带着许多的理想与所谓的疼痛感，去闯荡了外面的世界。

师者，传道授业解惑也！

不惑之年再回忆，都是美好的经历，我以为无论是谁，不论才能大小，在那样的年代与环境下，他们都或多或少地引领着你向上、向善、向好……

画好当下的欢愉

爷爷说从关外回老家的火车不多，好几天就那么一趟，摸黑起来火车站排了两宿，终于买到了过年回家的车票。听着火车轰鸣、看着火车吐着白烟进站，那心里头的开心啊！

爷爷的诗和远方是从老家去关外谋生，

把老家的弟妹能带出那些贫瘠的土地。

父亲说你爷爷当初那个旅行包着实质量好，去东北来来回回好几年都用的它，特能装东西，那些年就盼着团聚，盼着咱们一家子不再分离。

父亲的诗和远方是装满行囊的念想，

是再一次从他乡回归故土的决心……

我毕业后也算是走南闯北，有过失落和迷惘，有过许多无所事事的光阴。后来守着自己的城池，踏实耕耘，终究是把心里头的念想带到了天南海北。

我的诗和远方不过是行过万里路，

读好手头的书，画好当下的欢愉……

诗和远方

体验生命的柔软

有时觉得很奇妙，就像艺术家非得要养只猫，而我的理由仅仅是因为懒，就像男人得有个闺女，而我刚好有，于是便可以有了一场柔软的体验。

我是个安静的人，有时朋友带着儿子过来，那使不完的力气让我觉得"好在我是个闺女！"当然有时有那么一点儿小小的遗憾便是：我小时候那么多用身体与自然对抗的经验她不太能一一体验了！

闺女生出来那么小小的一只，不哭也不闹，只是睁着懵懂的眼睛在那儿吐泡泡，一片小小的毛巾便可以成为她的毯子，抱着她与她两两相望时，我觉得这个世界让我热爱得要命。

那几年我处于人生的低谷吧，工作时有时无，她的到来反而填补了我的挫败感。满月后第一次带她去公园，奥运火炬在各个城市长跑，于是带着她围观，到附近的小学门口看孩子们上学放学……她大概就是在我的臂弯里长大的吧，以至于家里的儿童车几乎没有用上，也以至于公园里的老阿姨们以为我是老来得女，觉得我的溺爱甚是加分。

美梦成真

那会子有个单反相机，一路行走一路拍，哭的、闹的、笑的……每次去大公园必定要吃一根烤肠，要玩一次吹泡泡，坐一次旋转木马，滑滑梯可以一个人上上下下玩上半个小时。她总是很安静，从不找我的麻烦，一个人也能自得其乐，我从她身上已然看到自己的影子。后来到了年底应酬略多，常常把她像个小行李一样带在身边，而她总是乖巧与安静，从来不会哭哭闹闹的，以至于我生怕她委屈了自己。

我们俩可以在沙滩上玩上小半天的沙子，我可以在沙子上作画，和她一起堆城堡，也能把城堡的水利系统做得很好，我很高兴我幼时的想象力在此时得以发挥，她欢喜得围着我转，而我的自豪感也油然而生。她胆子小，不太愿意做激烈的运动，但只要荡秋千便能信任我的双臂。直至后来小学毕业才学的自行车，我也很高兴只用了两三天她便能简单驾驭。

我想有些孩子天生带有自己的能力，只需要你慢慢发现，再等一等，她/他自有她/他的能耐。

她同我一样，有些木讷也不太爱表达，不黏人、不矫情，以至于她妈妈常常觉得有些失落，好在她妈妈常常会逗她，让她忍不住地肆意大笑，让我们感觉到她这样也很自在。

有一年我过生日，她有些大了，总唱生日歌有些笑场，于是她拿来口风琴给我吹了一首《祝你生日快乐》，我和她妈妈就那样在烛光下看着她，感觉到拥有一个孩子是如此地有意义。

这些年，从小学到中学，我做得最执着的事情除了画画，便是和她的风雨同行。一辆小电驴儿让我们在川流不息的城市中自由自在，我常常为了避免一些红灯的等待，带着她穿越小街小巷，她总是信任着我的速度与七拐八绕。有时我也很享受她坐在后面自在地唱着自己的歌曲的时光，那样的时候，我觉得我们真的是相伴相依……也有那么一两次，没等她坐好，我便一溜烟儿地跑掉，回头看人不见了，再慌慌张张地回头找……她也摔过那么一两次跤，害得她妈妈心疼得想赶我跑。

很快，她便要十六岁了！已经与我比肩而立，愈发笑得羞涩而腼腆，也越来越有自己的想法与决定，她妈妈同天下大部分母亲一样，总是有操不完的心，也许是男人的粗线型，我只是希望她慢慢找到自己的欢喜、自己的追求，保持善良与想象力，去投入她自己的人生……

十六年转瞬即逝，为人父母也是因为她而慢慢在学习，想来每一个孩子都是一个家庭的天使，因为他们而一起有了共同的目标与动力，不把自己的意志凌驾于他们之上，懂得适时地取舍与退让，尊重与共情……都是寻常的人生，他们不必熠熠生辉来满足你的虚荣心，只要他们能在任何情况下都能自洽而有勇气地过他们的人生。

大概我们是自私的，想通过一个孩子来完善自己的人生；大概我们也是最无私的，因为一个孩子我们一直用最大的力气在与这个世界抗争，总希望他们有一个美满而自在的人生。

时间还在继续，很窃喜我有一个闺女！……

我自己的小花园

　　最初在留园路开一个店面的时候，地方比较狭小，能种的花花草草就门口自己买的两个长条木箱，再加些盆盆罐罐，也算是营造了一个小小的三分地，有蓝雪花、铜钱草、一些月季……加上小姑娘们送过来的各色多肉，虽然寒来暑往，有种不活的，但也有坚强着繁盛的。

　　花草前放了个长条凳，自己懒散时抽支烟，放松一下心情，有时来来往往的游客累了坐一下也是美好的心意。总之，就那么点儿花草，常常打理也舒阔了一个人的心情。因为离西园寺近，所以得闲的中午便走过去吃上一碗素面，或者是和相熟的师父喝上一盏茶水，画画的心情便由此而起……

　　那会子不是太忙，也都是随性涂鸦，因为自个儿店的东面是留园、西面是西园寺的缘故，常常有南来北往的游客，能聊上几句的便坐下来喝个茶，能看到画入了眼的也会偶尔结个缘。再向东边便是著名的七里山塘街，有时晚上一个人散个步，便会到那边不是商业街市的小巷子里头转转，心里头总是想着这处院落如果改造一下也是极好的，那边临水的地方弄个阳台一定很惬意……

　　店里的一整面墙的茶叶袋上，画满了自己的漫画，有喜欢的游客过来也

花开花落

会看上半天，印象最深刻的是一个老外因为喜欢还买了张我的画儿，后来他的邻居来苏州出差，特意过来找到我，用手机的翻译软件你来我往总算了解了这隔山隔水的心意。

当绘画在生活中占有着越来越重要的位置时，工作室的想法便有了雏形，在兄弟们的帮助下，终究是搬到一处大院子中的小小角落，在尘土飞扬的一两个月后有了自己的一处安身立命之地。

工作室的门口有两平方半左右的小空地，日后便成了我的小小花园，时至今日，虽谈不上好好打理，也算是枝叶繁盛，没有什么名贵的花草，不过是随遇而安地任由它们茂密，我是一个随性而自由的人，不喜欢拘着，不喜欢你来我往的应酬，这世上唯有画画能让我孜孜不倦，大概也唯有闺女能让我不厌其烦。

春天的蔷薇花爬满墙，跟着便是金银花，不知道哪儿落下来的葵花的种子也开出了一朵周正的向日葵，便牵扯着我的日日惦记。辣椒和茄子从花盆里冒出来得莫名其妙，想来大概是泥土带来的种子，后来也总算陪着它们走完了开花和结果，尝到了它们的滋味……绣球花算是我门前最靓丽的了吧，紫色和粉色的花朵总会爆上好几枝，让人如梦似幻。铜钱草落地便生根，水浇灌得足，它们的叶子都长成了小荷叶……柠檬树买来时便带了颗果实，而后在阳光雨露的滋润下，开出了一长串紫色的小花，便又结出来了一颗果实……总之，在这些零零碎碎中，我的小花园蓬勃而随性，有什么便长什么，不求名贵与规整，只愿落地生根的都能有它们的四季与欢愉。

和土地打交道大概是中国人骨子里的本能，即便不种菜，能种些花花草草也是手到擒来，而我算不得是一个好的农人，只是由着心里头那一点点对自然的热爱及喜欢宁静的心意，便浇灌出了一方小小的田园。如同歌里头唱的，用它来种什么，种桃种李种春风……

时光清浅处，
一步一安然

天上有云，人间是春

想起来年轻的时候总是装酷，
不为春花秋月，却说秋雨梧桐，
如今上了些年岁，
便感觉春天的温暖与幸福，
有一种期待与蓬勃让人心生明媚。
不必假装与众不同，
不必为赋新词强说愁，
就着十里的春风为花为雨为日子忙碌……

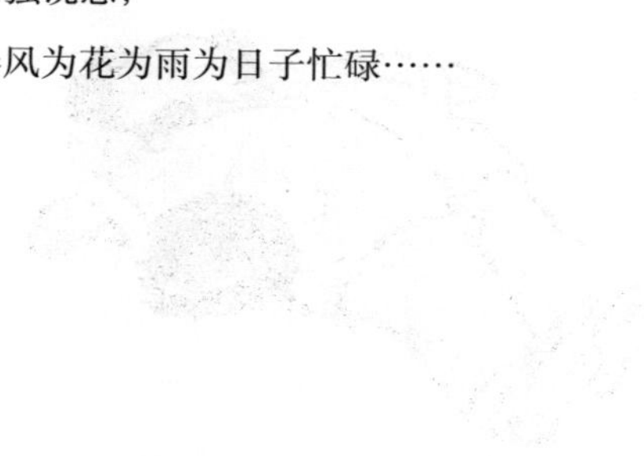

希望

所有的节气皆为农事而来，
春天更是万物初生，
在田地播种希望的时节，
农耕便是人与自然相辅相成，
相互共生共期许一个来日。

恋春

层林尽染时有着别样的梦幻，
而凭一枝春花窥尽天下春色，
也是内心的一种磅礴。
一花一世界，一木一浮生，
无限掌中置，刹那成永恒。

春天的趣味除了几处早莺争暖树，
更有那人间的乱花渐欲迷人眼，
姑娘们总是和春天你侬我侬，
却不承想也装饰了别人的梦……

花间一壶酒

喝的是酒，喝的是沉醉的春风，
喝的是跟这个季节的相互宽慰，
喝的是不问花期、莫问归路……
花间一壶酒，行乐须及春，
只是因为此时舒坦与快乐。

春雨绵绵落在早春三月，

虽阴冷萧瑟，却润物细无声。

泥土下孕育着希望，

如同心里头怀揣着梦想，

有些日子是用来奔跑的，

有些日子是用来沉淀的。

一树一树的花开有着一种声势浩大的气韵，
好的风景抚慰人心，
亦如好的诗句源远流长而触及心灵，
春天总以一种摄人心魄的力量，
把万物生长搁置于眼前。

惜春

有些花孤芳自赏，

有些花和春天合唱，

有些花开成一堵墙，

有些花疏影倾斜对斜阳……

这春来好似无所事事，

却只为花忙。

耕耘

有耕耘自是有收获，

心里头有花处处是天涯，

这大好的春色是游人的天堂，

亦是农人的希望。

春天从来不会缺席，

走出去春风就会吹到身上。

护城河畔人烟晚，挑得春光一担归。

春天可真好呀！

无论怎样的心情，

只要一抹阳光，一处绿荫，一片花地，

便可逍遥而自得半日光景，

有张有弛大约便是春天的心情。

春天的云像是水墨的写意，

春天林子间迷蒙而潮湿似有仙气，

春天有一种摆脱颓废的力量，

直叫人心生雀跃和欢喜。

大概在春天不会太执着过去，

毕竟是万物更新，

实在有更多重要的事情。

我们也许并不相识，

但花儿认得春天，

就像意气相投的灵魂总是有着遥远的相似。

那些年的爱与哀愁

二十世纪七十年代末生人，

在乡村长大，

所以算是经历了一点点饥饿与贫穷。

在仅有的认知范围内，

寻求着吃得饱腹，

羡慕着穿得时髦。

那些年有过的爱与哀愁，

经历的时候全是贫瘠，

回忆起来都是少时的美好……

暖冬

那个年代最时髦的打扮，

黄军大衣、灯芯绒棉裤、雷锋帽，

如果有双带绒的棉靴那就是村干部的配置啦！

那个年代也没啥好嘚瑟的，

大家都差不多，

条件略好的也就是多了些整洁，少了些补丁，

打打闹闹的也都是常常玩在一起。

村干部小张下基层锻炼，

时常骑着他那簇新的永久自行车来村里，

黄军大衣整洁妥帖，

戴个眼镜斯斯文文的，

一手漂亮的钢笔字成为村里的谈资……

俺们常被教育着要向小张同志看齐。

北风呼啸，窝在家中最好，

趁着炉火熄灭之前放上几个红薯烤上一烤，

日子虽有几分无聊，

但偶尔能饱腹便是人生的小美妙。

那时候的光阴总是漫长，

在漫长中期待成长……

长大后在城里吃上烤红薯，

除了贵也的确品种更好，

想起来从前从火中刨出来吃得满嘴黑炭，

相互嬉笑间都是忙着一张嘴的童年。

如今也很忙，

却常常觉得内心空落一片……

积攒的破凉鞋、牙膏皮、塑料布……

在换糖的敲锣声中应声而起。

隔日，张大妈家草垛上少了塑料布，

王奶奶家的胶鞋丢了一只，父母的吼声震天：

昨天牙膏还有一小半，怎么就能换糖吃？

哎！先甜后苦，都怪肚子里的那只馋虫躁动。

爆米花

爆米花的崩炸声响彻村庄，

全村的孩子带着大筐小筐排队忙，

在大叔一次又一次熟练的摆弄中，

在孩子们的叫嚷、好奇、惊恐声中，

我们完成了一次迈向冬天的仪式，

储藏了一种所谓零食的食品，

和过年慢慢靠近。

糖葫芦

在寒意中，卖糖葫芦的淡定走进村庄，
无须吆喝，那远远望去令人垂涎欲滴的红色，
招摇着孩子们的欲望。
会哭闹的用眼泪换上一根沾沾自喜，
有储蓄的咬牙花了一毛钱纸币，
要面子的假装满不在乎，
偶尔哄一下小的吃上一颗……心里头暗暗发狠：
等以后长大了，我就卖糖葫芦！

和过年越发地接近，

从村里头宰杀了第一头猪开始，

家里的锅灶便有了我们的盼头，

母亲牌的红烧肉是这世上最真实的美味，

能吃得下一大碗，但要顾及全家姊妹，

每人有两三块便是少时的幸福。

过年有肉吃

爱与哀愁

那时候的冬天有时窝着，

有时却有用不完的精力在天地间撒野，

衣服特别容易破，

肚子总是觉得饿，

玩的游戏就那几种却不厌其烦，

在年复一年的摸爬滚打中和这个世界自得其乐。

是从什么时候开始，

我们学会了回忆呢?

是从什么时候起，

觉得爱与哀愁也是一种并存的美呢?

每至寒冬，总想起那些有缺憾的光阴，

顶着风、想吃的，积极而乐观的生活，

没有扭捏与造作，来不及无病呻吟，

像一只只坚强的小野兽，

在广袤的大地上追风逐雨，

带着朴素的本能，肆意向前冲……

记忆里的年味儿

我的故乡在苏北农村，

地理上靠北，但没有暖气，

所以整个冬天的记忆是寒冷也须扛冻。

大概是冷着冷着也就习惯了，

所以这并不影响我们的快乐，

冬天连接着过年，

于是在冷飕飕的寒意中我们也欢欣雀跃，

因为岁末年尾，只是吃这一件事儿，

便足可以让我们感受到浓浓的年味儿……

小年 辞灶

腊月二十三，糖瓜粘，北方小年，

祈求灶王爷嘴甜，上天多言好事儿。

虽天寒地冻，但锅灶边散发的香味儿，

已把岁末的氛围渲染得浓烈，

男女老少各有分工，

关于过年，这就拉开了序幕！

屋子不大，经年累月的灰尘有些陈旧，

挂的画儿须换一下新的，

孩子的奖状得贴到位，

门帘、窗帘也得洗洗，

角角落落的灰尘须掸干净⋯⋯

过年嘛，总得有些个新样子！

磨豆腐
二十五

母亲总是从塑料袋中倒出最好的大豆，

每一颗都经过仔细的挑选，

再用水满满地泡上一夜，

当乳白色的豆浆从磨石边压榨出来时，

晚餐白菜炖豆腐必是这口腹之欢的前奏……

烧年肉
二十六

杀猪这件事虽然血腥，

可好像是孩子们的热爱，

一是佩服有庖丁解牛般娴熟技艺的师傅，

二是它集中了全村可以聚在一起的欢愉，

三是有肉吃这必是过年前的待遇。

鸡窝里总有几只鸡是要留到过年的，
一早，急不可待的我把鸡放了一院子，
于是鸡飞狗跳间和父母亲一起捉鸡，
那样的欢声笑语让我觉得过年无与伦比，
是所有光阴里不可或缺的幸福滋味。

宰年鸡
二十七

发面这件事儿早几天就得备好最好的面粉，

洗好干净的各种盆，

各种馅料也得提前准备好，

需要父亲的体力、母亲投碱的经验，

方能发出一盆盆又白又松软的面团来，

过年它就是一件全家都需要参与的事情。

做馒头这一天必是要起个大早的，

等第一锅包子出笼我定是要吃上好几个，

这时候的父母亲变得无比纵容，

母亲的豆沙包总是又大又甜，

那会子发出的最多的感叹便是想天天过年！

熬一宿

三十

所有过年的隆重在三十这一天达到最高潮，

无论如何那一桌子的菜代表着过年，

慰藉着这一年父母的辛劳，

快乐着我们这些盼望过年的孩子的心田……

屋外的烟花爆竹四起，

有一个叫过年的日子是我们共同的幸福回忆……

无论睡得多晚，却总是能起个大早，

记住了所有的吉祥话，

见到长辈磕头作揖，

口袋里搜刮了全村家家户户的糖果，

在最贴身的衣服里有着压岁钱的心安与阔气。

回娘家

初二的村口一下子变得热闹起来，

自行车的铃声、狗儿的叫声、邻居间的笑声，

此起彼伏地荡漾在村子里，

回娘家的女儿们带着姑爷给母亲的底气，

而又一桌丰盛的家宴成为孩子们的欢喜……

记忆里乡村的过年，

许多相似的习俗是一代人共同的记忆，

过年是物质匮乏时代最彻底的一次满足，

是对吃这件事最大的一次奢侈，

是日复一日劳作之后的慰藉，

是每一个孩子对于过年就是快乐最真切的定义。

如今总觉得过年不是那个味儿，

其实只是日日已然是好日，

不知不觉间我们对快乐的定义有了更多的追寻……

风雪又一年，总要回家过个年

一年又一年，

回家过年是不变的心愿，

停滞的时间在这一年也变得格外急切，

城市似乎已经安然，

乡村也好像未曾改变，

在许多的纷纷扰扰之后，

只是和故乡那根扯着的弦越来越不安，

需要一次回归来释然。

在我幼时父亲从远方坐火车回来过年，

我觉得他就是见过最多世面的好汉，

有时路过县城听到绿皮火车如巨龙般呼啸而过，

便觉得远方是个值得令人向往的地方。

而父亲的旅行包里，

总有着我不一样的期待……

围炉岁月

后来许多年我只要一想到围着炭炉取暖，

便想到故乡寒意十足的冬天，

想到过年时老屋子里的温暖，

它有许多熟悉的人和一成不变的惦念，

随着时间的流逝它们都成了记忆里的碎纸片……

每次看到城中的超市人山人海时，

便想到了乡村的集市，

家里来了贵客、家里办大事须赶集，

而唯有过年每户人家都有个赶集的仪式感，

一个村子的老少相约着去集市，

瑟瑟的北风中都是浓烈的生活意趣。

赶大集

三十晚的那一餐，记忆中提前两三天就在忙碌，

父母亲的笑容在那些日子特别多，

串门的邻里亲戚也有着说不完的长短，

屋外的爆竹四起，

屋内有着一年又一年的团圆……

这大概就是我们对于过年的一份热切。

回家过年

后来走出去打工的人越来越多，

绿皮车变得越来越拥挤，

回家的路也越来越遥远，

一年一次如候鸟般的迁徙像是一种信仰，

风雪无阻，

再简陋的地方也是一个叫作家的地方。

归乡的路

从火车到大巴车，再到三轮车……

我们翻山越岭、大包小包，

只为了一年一次的回家团聚，

这种宿命一般的坚定好像刻在骨子里，

随着时节，如号角般义无反顾。

留守儿童和老人相伴光阴，

他们有着孤单也自由的童年，

或者他们也有着彷徨的少年，

只是我遇见他们的时候，

总有着许多的叹息与怅然。

父母亲依然重复着过年的习惯，

有些一成不变里有着他们的淡然，

他们觉得知足又圆满，

而我们便也感到这不变中的心安。

所以，过年总要回家，

总要留一份风雪中的温暖。

回家过年

都说父母在，人生尚有来处，

于是回家的路也是一趟幸运的旅程。

冬日田埂上的小路依稀有儿时的笑声，

那些不知天高地厚的日子，

早就淹没在忙忙碌碌中……

人生转瞬，

只是故乡终究成了他乡。

风雪又一年，总要回家过个年，
是习惯也是某种信念。
过年便意味着和家有着深深浅浅的牵连，
意味着这一年的平安，
意味着你可能还是个孩子，
意味着这个家你已然顶天立地，
意味着他们想确认你的幸福，
意味着这扯不断的血脉与故园……

我记忆中的农忙

　　和母亲微信，我打字，她说话，我们便可以完美地聊上一会儿。她说农忙又快到尾声了，油菜籽已经装了几蛇皮袋，搁到了架子上；麦子再翻晒几个太阳也就可以卖掉了；好在现在不插秧了，能外包的地都外包给别人种喽……

　　来了城市二十几年了，对城市的一切也算不得太透彻，倒是对曾经的乡村生活有了些许遗忘，自己的童年少年和土地打交道的时间不长不短，算不得太辛劳，也多少参与过那些炙热的乡村农忙季……

　　现在春天的油菜花也成了城市人的打卡景点，想想自己那么多放学时光便是一路穿行在大大小小的油菜地的田埂上，油菜从寒冬贴在地上生长，直至春天的蓬勃，后来成为满眼的金黄。油菜成熟季需要用镰刀一棵一棵地割断，一堆一堆地捆扎好运到水泥地上，在几个太阳的暴晒后用连枷打，黑黝黝的菜籽儿便蹦了出来，这样的拍打需要反复好几回，最后慢慢拿掉菜籽儿的秆子，留下这一季农人想要的果实。当然这后面还要跟着晒，清理掉各种植物的残留茎叶……最终才能去油坊榨出香喷喷的菜籽油。

菜籽儿成熟了

菜籽地里还有的小插曲便是，常常割着割着便碰到小鸟儿做的鸟窝，有的飞走了，有的还是一窝鸟蛋，当然也有遇到雏鸟的情况，善意的孩子们常常会把它的窝在大鸟的尖叫下给挪到某一处大树上……

割麦子这件事儿在我的记忆中便是，永远有一望无际的田野，只要一抬头，好像没有一个尽头……父母亲虽然从不指望我们能帮上多少大忙，但还是常常鼓励着我们的每一次劳作，到田埂边端茶送水便是孩子们最乐意的协作，一碗凉粥，几块萝卜干，有时还有早早便裹好放在水缸里的凉粽子。许多年后，吃过肉粽子、蛋黄的……最后还是怀念那一口蘸点白砂糖的白米粽或是红豆粽，在农忙季吃起来，那才是人间的至味。

老家的屋后不远的一块地便是村里头小秧苗最初的成长地，等收完麦子，麦地的土翻晒后，再通过田边水渠注满水到地里，我觉得那样的景象特别神奇，孩子们对于水有着天然的喜好，当一片片田地全部倒映着蓝天白云时，那是我对土地最浪漫的记忆……

采集小秧苗，一个村的男女老少集在一起的两天，是印象里村里最热闹的日子，一边劳作，一边聊天，各种天南海北家长里短，还有打趣……这时候栀子花刚好绽放，姑娘小媳妇们头上身上别上一朵，这大概是我记忆里最快乐的劳作场景了……

孩子们插秧在间距、是否能走直，以及速度方面都有大问题，好在泥地里不一样的体验还是让我们有了些兴趣，而最令人生厌的蚂蟥是这一劳动中最为恐怖的事情吧……当最终一片片田地都被手工下的绿色覆盖时，我觉得父母们真的是天下最有担当的人，无怨无悔，对土地真正地不抛弃不放弃。

后来便是漫长的夏季，我们有我们肆无忌惮的乐子，而父母们依然有着他们的田间管理，除草、施肥、上水……

农忙季孩子们有一周左右的农忙假，而如今想想，对父母们而言，这时间从头至尾也需要两月之久，那才是真正地用汗水浇灌土地吧……

那些随着时间慢慢淡出的记忆，在每一个农忙的日子还会不停地翻涌出来，土地上的耕耘和收获总有着生生不息的希望，那是生活最初的根本，是我们忘不了的乡村时光……

田间管理

归乡的路

我的故乡在苏北平原上的一个小村庄，它算起来也是历史源远流长。村庄的边上是一条大河，河上有大坝，在夏天和水相伴的日子，这儿几乎成为我童年嬉戏的乐园。

十六七岁提着行李离开故乡求学异地，于是在时间的转瞬即逝间，异地成了家，故乡成了一份念想。求学的时候每至节日坐上一夜的绿皮火车，便可抵达县城，然后叫一辆三轮车晃晃悠悠地穿过田野回到家。因为通信设备尚且落后，所以家中的父母总是能意外地收获一份欢喜……

房前屋后无论多久总是一成不变，正好的季节里柿子树总是硕果累累，不负经年。而地里也是一片金黄，大豆得收，稻子即将成熟，玉米也是丰年在望。于是推上熟悉的板车，随父母下地，左邻右舍在一片熟悉中叫着你的小名，问候着你的回乡……

再后来大巴车摇摇晃晃地可以开到故乡高速路的路口，行程从夜晚换成了白天，时长也缩短了许多，只需睡上一觉似乎就可以回乡。城里人看到满

回归乡里

目金黄觉得那是风吹麦浪，而我深知一大片平原上丰收时的汗水以及白天与黑夜……好在，机器也在逐渐革新时代，略微减轻了身体的负重，但农忙时节的辛劳仍旧让父母没日没夜地操劳。

故土的风景在秋色里很美，落在画笔中更加美好，有时你走过一条路便想起来少年时如何欢快地和伙伴们打闹，经过河边时便忆起来那些以身试险的勇气，看到陈旧的院墙时便想起来坐在门口晒过的太阳……于是，中年时你提着行李大腹便便地路过它们时，故乡只剩下了回忆与念想，它们变得更加斑驳与沉默，它们成为每一个黄金周汽车后备厢里的珍藏……

城市高楼越来越多，乡村也更加落寞，在城市与乡间往返的人愈发地少，遇见村子里的老人你有些不记得他是谁，他亦认为你只是客……归乡的路成为每一个节日里高速路上越不过去的拥堵，成为每一次忙碌里回不去的借口，成为你想着回去又觉得寂寥的地方，成为你习惯了城市生活方式后的一点疼痛，成为你隐没在心口的一片金黄……

外面的世界

　　我的小学从一年级到四年级，几乎就没有好好学习过，大概一直在六十分这样的及格线徘徊，好在父母亲忙于生计也无暇顾及，所以我的小学几乎就是在天地间打滚，只会想着怎样地玩，如果非要说出什么理想来的话，那就是躺在草地上看着小人书放羊，让我觉得是可以"为之一生的事业"！

　　小时候身体弱，一到冬天就极容易咳嗽，父亲有次参加文工团演出，带着我去县城，那大概是作为一个小孩儿第一次关注到外面的世界，有羞涩与胆怯，也有兴奋与好奇。

　　父亲是剧团里负责打鼓的，整个演出节目就是个地方戏，有些晦涩难懂，所以并未曾在我的记忆里留下太深刻的印象。但是这一次的县城之行，经过百货商店、路过摊点、看到各种车流，我恍惚间好像总是能闻到一股淡淡的苹果的香味，甜丝丝的，这样的味道感受便成为我后来对于车水马龙最美好的记忆。

　　小时候去的更远的地方是山东，随母亲回她的娘家探亲，在兖州火车站时我路过一个书店，橱窗里向外摆放了许多的画册与图书，那是我第一次看到那么多花花绿绿的图案，我痴痴地站在橱窗外很久，一一看那些书的封面，那时候并不认得什么字，但是图案的吸引力在我幼小的心灵里投下了涟漪，我不知道自己站着看了多久，只记得后来母亲一路找过来吓得惊叫的声音，应该是我把他们弄丢了吧……

三四年级的时候，每天早上跑步去学校上课，刚好有了一定的运动与锻炼，我的咳嗽在日日的奔跑中居然就好了起来，也正是在这样的奔跑中我代表学校去了乡里参加比赛，带着那双快露出脚指头的黄军鞋，吃着老师带我们去饭店点的菜，我第一次觉得能奔跑着获得荣誉的感觉真好！它让我知道了努力有意义，觉得自己能参与外面世界的有趣与精彩！

五年级的时候，学习还是那样糟糕，和全大队第一名的姐姐比起来，实在是提不上嘴。后来父亲也有些着急，当真考不上初中就在家混也不是个事儿，于是就答应了我：只要考上初中，就带我去花果山玩。

人生的一些动力有时就是那样不可思议，在姐姐的帮助下，我用了两个月的光阴居然就顺利地考上了中学。

花果山之行应该是我第一次接触到山，第一次去体会什么叫作公园，那是和乡村的田野有着截然不同风景的地方，我很迫切地想看到猴子，想象着它们的头王孙大圣，后来好像只看到一只关在笼子里的猴子，多少有些失望。当我第一次看到瀑布时觉得好神奇，水可以这样竖着流个不停歇，后来再读到课本上的"飞流直下三千尺"时，眼前便有了真切的画面。

站在山坡上极目四野之时，我才明白这个世界和我爬在树上看到的还是不一样，有汽车，有那么多我不认得的人，有各种地摊和叫卖声……那是我第一次有那么一点喜欢上了外面的世界，我想等我再回到村里，就可以和大军他们吹上很长时间的牛皮了……

上初中后外出的艺考，应该是我作为一个少年对外面世界最深刻的一次体会。一个年轻的老师带着七八个少年郎，去了南京和常州考点，一路火车，一路站票，回头看大概就是一群"小乞丐"吧……哪有什么好衣服？有的拎的就是蛇皮袋，懵懂与羞涩，对外面世界极大的好奇与不安支配着我们，城市是那样大，我们却很恍惚……

时值春天，看到街上在卖春笋，那是老家不曾见过的但课本上却描写得极其鲜美的东西，于是在我们的怂恿下让老师也买了点，回到招待所，借的别人的炊具，下的白水面条，炒的春笋。不知道是炒的方式不对，还是切得太厚，或者是油太少，总之我以为像土豆般口感的春笋又麻又干，让我们大失所望……好在后来人生中尝过的腌笃鲜、油焖春笋总算是弥补了曾经被打碎的感觉。

就这样，零零碎碎间我和外面的世界在悄悄地滋生着关联，也在不知不觉间让我带着一颗好奇的心上路。只要你慢慢走出现有的世界，打破那一种既定的生活状态，可能世界反馈给你的就完全不一样，十年、二十年后当你游刃有余地再回首往事时，你才知道外面的世界是如此丰富而博大，那些羞怯、懦弱在生活的洪流中被更多地摒弃，一个人用知识、信心、努力在外面的世界构建自己的人生，是一件多么重要的事儿！

我的母亲王桂英

我的母亲小父亲二十岁，而她嫁给父亲时也才是个不足二十岁的小姑娘。

这桩婚事自然是不太得到娘家人认同的，或者是父亲会"哄骗"，也其实是母亲尚且懵懂，他们还是用力生活到了一起。

后来母亲每每回忆起来总说后来的日子太苦，也曾有过动摇，好在这边的姑姑们对她都极好，加之三个孩子的牵扯，还是咬咬牙把苦日子熬下去……

母亲做家务的本领其实并不强，手艺上比不得父亲能干，但她总是有股子韧劲，起早贪黑地在地里忙活。

小时候父亲常常打鱼来补贴生活，没有油的鱼烧着实在不好吃，母亲做饭菜的能力又特别弱，以至于许多年后我对于吃鱼还是不太热衷。

好在后来我考上学总算是离开了乡村，时隔十来年后母亲总算是"趾高

期
盼

气扬"地把我带去她的娘家，见到了那些我不曾谋面的亲眷们……后来想，这大约就是母亲隐忍多年后的一个梦想吧！

母亲脾气极好，总能和左邻右舍处好关系，从不轻易动怒，只是过于自爱，总不愿意给我们添麻烦！现在跟她视频聊天，听她说家长里短，有些旧时的人我常常已记不太清楚，但只要她兴致勃勃地说起来，我总是觉着她的见地在故乡也足够游刃有余。也大约是后来作为儿子的我稍微有了点儿出息，她每每说起话来越发声音洪亮，笑声不断。

我的母亲也是大部分中国农村母亲的缩影，一辈子为儿为女风风雨雨地过，自己的人生轨迹就是丈夫和孩子的影子，质朴而勤劳，不曾有太多的见识，粗粝也生猛，但只要守着自己的院子，便觉得这是她最好的安乐窝。儿女们都飞出去成了家，她门前屋后地种花种草，听着父亲的吹拉弹唱，蓦然间也显示出来一个女人原本的温柔……

她大抵是不太知道"母亲节"的吧，但是我想只要我们一通视频，过节回趟家，于她而言便是一个最美好的节日。

愿天下的母亲都能有个长安长乐的人生。

爷爷的愿望

春节因雨雪封路没回成老家，年三十未能在爷爷坟前化纸至今心中忐忑。清明将至尤为不安，决定回去祭拜爷爷，祈祷先人保家人平安。

爷爷一生劳苦，命运不济。年少身逢乱世，每每贩盐回来不敢住在家里，只能夜宿芦苇滩，怕二狗子和匪人来抓"财神"敲诈钱财。

后来，刚土地承包吃饱肚子没两年，奶奶就去世了。爸爸为了不让爷爷孤寂一人独居老屋，让我晚上去和爷爷睡一个被窝，爷孙之情由此日渐深厚。

爷爷最大的愿望是我能好好读书考出农家，可天不假年，在我考上大学的年初爷爷就病逝了，临终还喊着姐姐和我的名字，妈妈把我从学校叫回去时爷爷已撒手人寰。爷爷有轻微的摇头症，每每想起爷爷摇头的样子，是对命运不济的无奈，还是对人情冷暖的叹息？我不得而知。男儿泪，不轻弹，可几次梦中与爷爷相见仍不禁潸然泪下……

写在2010年早春

我和爷爷

与吃相关的少年四季

我的少年时光是成长在一片平坦的苏北平原上，有麦浪翻滚，有杨树林捉迷藏，还有一条大河流淌在离家不远的地方。

春天的时候，好像总是很饿，一直在期待着万物复苏，走在放学的路上，看到路边的绿草长出来，柳枝冒出新芽，心里头便有种欢喜，好像有些新鲜的食材也在慢慢生长。

记忆里最早的、能被我们偷偷采摘的便是蚕豆，它在冬天之前就种在田埂路边，经历过一个严冬，它悄悄地从贴着的地面伸直了身子，只要有一点儿春风的温暖，它便肆意地生长。在它的秆子长到一两尺高的时候，有时候就悄悄冒出来小花花，蚕豆花像小眼睛，黑白中有着一些紫色。气温一直在缓缓上升，蚕豆的豆角从一点点大忽然间就有了小指头的模样，这时候嘴里的馋味与日俱增起来，日日经过的时候，便日日留意，判断着它何时能成熟。

漫长的等待也是一种幸福吧，因为等待的前面就是希望，直到有一日那整条路路边的蚕豆秆上都是硕果累累，你摘下来吃下去即便是满口的青涩之味，却依然充盈着来自你日日期待的一份满足。

我大概还是最喜欢夏天吧！除了上衣和裤衩，再也不用穿着全是补丁的衣裳。

靠着大河最大的优势便是很早就学会了游泳，大人们用来纳凉与洗澡，孩子们很早便光着屁股被大人们浸在河水里扑腾，于是，游泳就变成了一种天然的本领，扎个猛子，抓条小鱼，在大人们的起哄声中，各自比试着身手的高低。

夏日午后的欢喜事便是去杨树林中粘知了，几个小伙伴趁着大人午睡的空当一起，每人负责一小片，粘好包在草帽里头，最后在燃起的野火中一起烤着吃，那滋味儿，如今想起来依然是十分诱人，酥脆中有着肉香，狠狠地弥补着我们舌尖的匮乏。吃完了撒泡尿灭了火，继续在夏天的田野间游荡嬉戏。

门口小河塘里的螺蛳在盛夏也泛滥开来，一网下去便是满满一脸盆，螺蛳放两天吐完泥沙，直接加点儿盐用水煮开，倒点儿酱油，拿起母亲缝补的针一只一只戳着肉吃。

那会子垂钓的龙虾还都是野生的，又大壳又硬，煮熟了用剪刀剪着吃，有时苍蝇在身边乱飞，却丝毫不影响我们的心情。

所以夏天于我的少年光阴而言，是丰沛而又快乐的，没有作业的烦忧，还能时不时满足一下口腹的欢喜，于是，它总一次次落在我的画笔下与文字里，让我时不时地回忆。

秋天我记得最多的除了农忙之外，便是门口树上的柿子，从夏天绿色的果子到它变成橙色，再到怕小鸟抢了食去，看着采摘下来放到篓子里。回家第一件事儿便是把每只捏一捏，有一点儿软了便迫不及待地先吃。这世上一定有各种好吃的水果吧，但是我依然怀念着小时候那一口柿子的软甜滋味。

说起冬天来，苏北的寒冷足够令人畏惧，围着炉子烤着火，听着聚在一起的左邻右舍说家长里短，孩子们的手指是黑的，红扑扑的脸上有着冬天的皴裂，而脖子下有着一圈儿油腻。饥饿感总是如影随形，这时候放两个红薯在炉子里，再弄一捧花生架在火上面，经过长久的实践，烤食物的技艺已然足够娴熟，红薯烤得外焦里香，花生也刚刚好，红皮儿一搓就开裂。于是，在冬天的凛冽之中，它们给了我们或多或少的温暖慰藉。

吃是我们那个少年时光里最重要也最幸福的一件事儿，它把成长着且饥饿着的我们放在自然里，用自己本能的探索欲，向四季要着自由与欢喜。

时光的脚步总是匆匆

小时候家里用的煤油灯，玻璃灯罩用一阵子上面会变黑，光线自然也就变暗了，所以需要时不时取下来用旧报纸慢慢擦拭干净。如果写作业时坐姿不太注意，额头前的头发很容易被熏掉一小撮。

夏天小飞蛾最爱扑到灯火前，我们应该很早就明白了"飞蛾扑火"的意思。蚊帐内有蚊子，除了用手拍，还有个办法便是握着灯，把灯罩顶部的口对着蚊虫，它们便很快地落在了灯罩里。

电灯已经有了，但是不经常来电，一根电线从房梁上经过，垂挂下来，三间瓦房三盏电灯，这是我们最早和现代化的一点点接触。

后来村里头有钱的人家有了电视，黑白的，有时电视机前头会放个彩色玻璃屏，于是隔着看，电视上似乎便有了一条条彩虹般的颜色。

那时候《西游记》电视剧刚刚开播，全村的老少聚在一起看，像是村子里最热闹的一件事儿，主人家也是早早排好长条凳，大家一起看一起议论，大概有点儿像现在的"弹幕"。但是有时看着看着也会突然就停了电，然后大家朝外走着看前村，前村这不是还有电嘛，一定是我们村里头跳闸了！于是男人们举着长棍子去捣某一处接触不良的电线杆，突然就来了电！在大家的一片欢呼声中，夜晚的快乐又得以继续下去！

但也会碰到晚上的确没有电的情况，但《西游记》的剧情那时候是过期不候的，村里有户有钱的人家就备了个发动机，以备不时之需。

想来那时候的娱乐是那样具有群众性，一个村就是一个大家庭，纳凉要一起，看电视更是聚在一起。

好像在我四五年级的时候，村里头便有了改造，竖起来了水泥的电线杆，跳闸的情况便成了过往，停电和来电都有了正常的规律。

然后便是村子里陆陆续续有了电风扇，一个按钮按下去，那样的风速可比手摇的蒲扇强了百倍。吃饭的时候把电风扇放在一边，就觉得生活上了一个档次，晚上可以在自家院子里纳凉了，但睡觉前还是要关掉的，吹一夜那可太费电，再说把人吹着凉了可不成。

电风扇后来有了一个极大的用处，和我们的农事相关，便是扬风①。豆子也罢，稻谷也好，里头总是有各种各样的杂物，比如豆角的壳、稻子的茎叶……要处理这些我记得母亲是用簸箕把豆子、稻谷装起来，找一个有风的路口，慢慢举在肩头迎着风扬，这样豆子、稻谷会落在下面的匾子②里，而杂

---

① 扬风：也叫作"扬场"。即用木锨等农具播扬谷物、豆类等，借助风力去掉壳、叶和尘土。

② 匾子：用竹篾或其他类似材料编成的浅而扁的圆形器具。

物因为轻，会被风吹到匾子外的地上，如此反复几次，才能慢慢弄干净一袋一袋的粮食。

而电风扇的横空出世便很好地解决了风的问题，使得扬干净粮食变得更加便捷和随时随地，现代化的东西在农人的智慧下，有时也能发挥巨大的作用。

接下来把农村生活带入现代化的应该就是电饭锅了！

淘米煮饭，大锅煮米饭先是要大火煮开，接着要用小火慢慢再烧个三五分钟。如果今天烧的是豆秆子那再好不过，因为火即便熄灭了，豆秆子的热度还是可以保留一阵子，对于米饭后期需要的热量刚刚好。如果只是烧稻草，那饭煮开了，最后还得把草打个紧实一点的把子，用火钳压着，让它慢一点燃尽，也是为了米饭最后的完全熟透。

到了下午有些饿了，除了地里的黄瓜、西红柿外，锅巴也是个不错的解馋零食。今天煮饭火候掌控得好，锅巴金黄金黄的，到了下午掰一块吃起来刚好脆脆的！

姐姐在外头打工刚好攒了点钱，说现在城里人都用电饭锅了，淘好米放好水，插好电，按钮一按，你看，饭煮熟了按钮就自动跳了，这多方便！

后来电饭锅成了生活的日常，而我就再也没有吃到过锅巴了！

洗衣机进村子解决了清洗劳作时那些又厚又脏的衣服的麻烦，特别是洗床单被套让女人省了不少心。电冰箱的普及应该要到千禧年之后了……再往后，各种形式的小家电、日常电器已经不再成为我们的惊奇。

生活便是这样，从最初巨大的快乐到得来如此容易，我们的幸福感说服着我们要去珍惜。我们也正是跟随着一个时代的巨变，从落后到现代之间，有着一些惦念与怀疑，在理所应当的生活中，明白着那些过往的不易。这也大概是父母们见识虽短，却有着极强幸福感的原因，他们横跨了一个艰难的时代，享受着时代给予的一点点轻松惬意。

好的人生，不慌不忙

从工艺美院毕业后，村里的邻居有个恰好的资源和关系，在父母亲的脸面下，邻居把我介绍到一家建筑公司，在当时也算是一个比较稳当的铁饭碗。

公司那时候大部分的作业任务在深圳，于是1999年我南下去了热火"潮"天的南方，在工地上负责一些大型机器的安管工作，工作内容大概就是端着茶水每日巡视巡视，日常也是住在工地搭起来的各种临时建筑物内。收入当时算不得低，1999年便有一千五到两千的收入，只是日子也比较无趣，加之我不太喜欢灯红酒绿、喝酒应酬的生活，所以就着一台电脑，每日总要租借三五张光碟，来打发光阴。

如此重复着日子，那两三年，我看完了大部分的港片、国外的大片……感觉那般下去，应该就可以写电影评论了！

深圳并不大，有些地方可以遥望香港，遇到过形形色色的人，骗子能一眼识破，小偷也能认出来八九不离十，喝可乐中了百万巨奖的事情我也曾被周围人撩拨得心动过……那是一段充满着诱惑、巨变、挑战的时光，而我却

变得有些不知所措。喜欢姑娘们说的广东话，有着特别的韵味，可我好像更想念苏州的吴侬软语；喜欢那边温暖的冬天，可是却没有什么朋友；喜欢画画，可是兄弟们都被我抛弃在异地……

三年的时光变得不咸不淡，没有进步也谈不上退步，也并不曾积攒下多少钱，社交的单一，在情感上更是一片荒芜，人也变得愈发迷茫，于是便在这般的光景下，就着年轻时的一份勇气与躁动，我毅然决定离开那个安稳之地，提着一只包重返了苏州城。

人生的一些美好的情结都是年轻时种下的，比如苏州城曾经也是我的陌生之地，但是因为青春、学业，所有美好的相遇因这座城市而起，所以便再次成为我的歇脚之地，投奔好友也会变得自然而然，彼此的心性、性情了如指掌，骂两句、踢上几脚也是兄弟的情谊。

总之，我又回到了熟悉的地方，回到了自由而散漫的地方，想做一些与画画相关的事情……一切又都重新开始了！理想遥远而不可及，我怎么会料到，需要用二十年的光阴才能成全自己呢？